Epson · 阿爽

瑪蓮萊犬家族最優秀的警犬之一！Nona露娜的兒子。生性聰明，身手敏捷的他，個性活潑，可謂全科警犬，是搜爆組的一顆耀目新星！完成香港奧運馬術保安工作重任後，現跟隨Hilton希爾頓學習搜查毒品的工作。當然，這讓他興奮不已。常自認為自己是露娜媽咪的出品，必屬佳品！

Baggio · 巴治奧

　　警犬隊的後起之秀──Baggio巴治奧，自命大巴，人稱小巴，綽號「花臉小巴」！關於綽號的由來，可是有歷史的！小巴是瑪蓮萊犬，巡邏、捉賊、防暴樣樣皆能，和阿爽一同完成香港奧運馬術保安工作重任後，亦跟隨Hilton希爾頓學習搜查毒品的工作。這可是一對難兄難弟啊！

Coby · 高比

　　各位觀眾，「王牌搜索犬」出現了！警犬隊Teak
柚木的兒子——Coby高比。他體形龐大，是一頭聰明
的拉布拉多犬。柚木退休後，高比繼承老爸的衣缽服役
警隊，做搜索工作，而且很快便成為警犬隊赫赫有名的
「王牌搜索犬」。噢，忘了告訴你們，他可是英國野外
搜索冠軍的後代，祖先功績顯赫，高比是名門之後呢！

Teak・柚木

　　絕頂聰明，脾氣絕頂好的警犬隊老前輩——Teak柚木！從小被警犬隊收養，訓練做災難拯救犬，後被徵調去搜爆犬組，柚木心態積極、正面，他有一句名言——做犬不能怕轉變，變幻才是永恆！無論做什麼工作，他都表現出色。當然啦，他的子女也是警犬隊的翹楚噢！

Connie・康妮

　　柚木的女兒，高比的姐姐，Connie康妮和弟弟一同服務警隊。她行事嚴謹又細緻，屢立奇功，一向頑皮的高比對姐姐可是又尊敬又害怕呢！

Antje · 安琪

大家好，我就是警犬隊的美麗公主——Antje安琪！現在我三歲，是犬類中的青春美女呢！身為瑪蓮萊犬的我，喜歡撒嬌，愛漂亮，但我可是非常友善和認真工作的犬隻。警犬隊中，據說有很多我的傾慕者，這可讓我有點害羞，當然，也讓我有點驕傲啦！

Owen · 奧雲

　　拉布拉多獵犬Owen奧雲，號稱「黑金剛」！警犬隊中赫赫有名的緝毒犬。外形雖然不十分有型，但英勇有餘，一副不怒而威的相貌，連慣匪惡賊都懼怕七分！聰明的他和Lok Lok樂樂，時常結伴行動，多次出色完成警犬隊重任。

Lok Lok · 樂樂

　　各位，高大威猛的洛威拿犬Lok Lok樂樂登場了。樂樂一向嫉惡如仇，但和Tyson泰臣不一樣，他可不會狂躁暴力，而是擅長以柔制剛。做過白內障手術的他，一、兩年後即將退休。不過他可是童心未泯，活潑好動，在警隊常被譽為小犬子！

Hilton · 希爾頓

　　警犬隊的「搜毒第一犬」、「搜毒 哥」，辨認毒品的能力在警犬隊他認第二，無犬敢認第一！身為一頭拉布拉多獵犬，他的另一個身分很嚇人，被譽為「毒犬」。剛到警犬隊時屢遭排擠，但認真工作的態度折服眾犬，無犬能比的嗅索能力，更讓他擔當起教導其他警犬搜毒的重任。

Jeffrey · 綽飛

　　自命警犬隊「搜爆一哥」的他，是一頭史賓格犬，好勝心強，嫉妒心重，為犬狡猾，外號「大飛」視阿爽和小巴為競爭對手。拜大飛所賜，阿爽險些失去加入警犬隊的機會。總之，各位警犬隊的同事請注意，這是一頭需要小心防備，重點關注的「同伴好友」！

特警部隊4
新修訂版

緝毒猛犬

孫慧玲　著

新雅文化事業有限公司
www.sunya.com.hk

特警部隊 4（新修訂版）
緝毒猛犬

作　　者：孫慧玲
繪　　圖：陳焯嘉
責任編輯：曹文姬　　胡頌茵
美術設計：李成宇　　蔡學彰
出　　版：新雅文化事業有限公司
　　　　　香港英皇道499號北角工業大廈18樓
　　　　　電話：(852) 2138 7998
　　　　　傳真：(852) 2597 4003
　　　　　網址：http://www.sunya.com.hk
　　　　　電郵：marketing@sunya.com.hk
發　　行：香港聯合書刊物流有限公司
　　　　　香港荃灣德士古道220-248號荃灣工業中心16樓
　　　　　電話：(852) 2150 2100
　　　　　傳真：(852) 2407 3062
　　　　　電郵：info@suplogistics.com.hk
印　　刷：美雅印刷製本有限公司
　　　　　九龍觀塘榮業街6號海濱工業大廈4字樓A室
版　　次：二〇二一年二月初版

ISBN: 978-962-08-7659-2
© 2011, 2021 Sun Ya Publications (HK) Ltd.
18/F, North Point Industrial Building, 499 King's Road, Hong Kong
Published and printed in Hong Kong

序

　　立法會的新綜合大樓裏有一個兒童學習室,希望能吸引兒童探索有關立法會的知識。立法會秘書處邀請了兒童文學作家孫慧玲為兒童學習室撰寫資料,於是這位和我相識了二十多年但很少機會碰面的老朋友,便來到了我的辦公室,和我細談立法會的工作。

　　我說完後,便輪到我聽、她說。她說的仍是我剛說過的立法會的職能和議員的工作;但本來是乾癟乏味的資料,經兒童文學家的演繹,卻成為趣味盎然、引人入勝的故事,就像在童話裏,枯燥沉悶的事物經仙子的魔法棒一指,便變成夢幻絢麗的仙境。

　　處理完立法會委託她的工作後,孫慧玲拿出幾本書,對我說:「我寫了幾本介紹警犬工作的故事書,這裏是已出版了的三集……這是剛寫好的第四集,即將出版,請你看看,給我寫篇序。」

　　我把新書的稿子和已出版的三本書拿回家,先看新書,然後把先前的三本書一口氣看完。

　　我從沒養過狗,自小在街上遇到狗便害怕;對狗的較正面的印象,主要來自幾套很感人的電影,以及從別人口中聽過的故事──在我的親友中,視愛犬如子女者大不乏人。至於警犬,我的認識只限於一次訪問警隊時看過的表演。看完孫慧玲的幾本書,卻竟然好像對這些「人類最忠心的動物朋友」已經十分了解了。故事的主角警犬Nona露娜和她的伙伴,彷彿都是我熟悉的友人;不但知道他們的訓練、工作和生活,而且知道他們各自的個性和脾氣:他們愛什麼、怕什麼,何時會興奮、何時會憤怒、何時會焦

慮，都一清二楚。

　　孫慧玲筆下的警犬故事，涉及許多曾經引起廣泛關注甚至哄動一時的新聞事件，例如在這最新的一集裏便有跨境運毒、校園毒禍、「擲鏹狂魔」、炸彈恐嚇、少女棄嬰以至走失警犬等。一宗宗案件，讀起來栩栩如生，加上具實的人和事（如警隊裏的「咕Sir」是林瑞麟的二哥、姓黃的立法會議員擲蕉等），都正告訴讀者「本故事並非虛構」；但另一方面，故事中的許多情節，許多充滿戲劇性的從未被傳媒披露過的「內幕」，以及眾警犬之間閃耀着高階思維智慧的對白，又令人覺得只能是作者豐富想像力的產物。事實在哪裏結束、想像從哪裏開始，沒法分辨：這也許就是優秀文學作品的特點。

　　但最重要的，是兒童讀者會很喜歡這本書，正如他們喜歡以前三集的《特警部隊》；而且讀者從書中得到的，是準確的知識和正面的信息。唯一會令讀者們感到有點掃興的，是主角警犬Nona露娜在書的結尾表示要退役了。這是否叫讀者不要等待下一集呢？

曾鈺成

香港立法會主席

（寫於2011年）

忠僕的頌歌

魔警事件深感歎

　　二零零六，甲戌年，屬狗的一年，發生了「魔警」徐步高用極其殘酷的手段殺害兩名同僚的駭人事件，全港傳媒多天來鋪天蓋地報道、渲染，引起全城紛紛議論，甚至抨擊香港警察的素質，懷疑香港警隊的能力，當然，樹大有枯枝，即使一個家庭，也會出敗家子，但我覺得，在香港生活，不失安全感，全因香港治安好，就是因為香港警察素質高，忠於職守，於是，促使我以懇摯的心，開始寫警察的故事，《特警部隊》系列小說的第一本在二零零七年出版，至今一共六本。

警犬情深智仁勇

　　我跟許多兒童一樣，喜愛動物，寫警察故事，我選擇了警犬，來讓少年兒童從警犬的故事中，認識警犬，也從而了解警察的工作。那種危險、那種艱辛，在那種全情投入，與賊匪對峙，奮不顧身的懲惡懲奸中，看到不論是人，或是警犬，都能夠堅守正義，盡忠職守，滿身散發殲滅罪行的鬥志和勇氣，有與罪惡誓不兩立的使命感！人和犬，心靈相通，互相關心，彼此扶持，忠誠相待，愛意永在，真教人動容。

《特警部隊》中每一個故事，都有其真實性，在搜集故事資料和撰寫故事時，我的內心起伏不已。警犬天性忠誠，勇毅不屈，叫人敬佩；牠們警覺性超凡，利用特有的敏銳聽覺和嗅覺，尖銳的犬牙和嘹亮的吠聲，使賊匪俯首就擒，叫人驚訝；牠們辦案時而機智百出，引來掌聲，但也時而犯錯誤，惹來指摘，牠們的際遇，跟人類一樣，有高低起伏，升沉進退，叫人感慨。同時，警察故事，離不開罪惡，挖得越深，便越驚心動魄，繁華底下的黑暗面，能不令人震慄，使人惆悵？

精彩系列用意深

《特警部隊》系列小說，一共六本：

1.《走進人間道》，寫警隊引進警犬，警犬學校的嚴格訓練，警犬在學習中表現的聰明，在考核中表現的英勇，警犬對領犬員，初相拒，後相隨，到推心置腹，合作無間的關係，妙趣橫生；

2.《伙記出更》，寫警犬初出道執勤的怯懦憨態，洋相百出，在對付變態刀片人、偷渡者、飛仔等實戰中提升了信心，增強了能力，過程使人發噱；

3.《搜爆三犬子》，寫警犬在奧運馬術比賽期間執行反恐保安工作的險象橫生和慘中陷阱，犬和犬之間尚且充滿陰謀詭計，更何況是人？故事可謂出人意表；

4.《緝毒猛犬》，寫犬有忠犬有惡狗，人有好人跟壞人，表面看似不可能犯罪的人，實際卻是可怖的大毒梟，叫人防不勝防，真箇忠奸難辨，人心叵測；

5.《少女的「秘密」》，集中揭示少女犯罪的種種情形和問題的嚴重性，少女是未來的媽媽，她們的思想行為絕對影響社會、國家的發展，是值得擔心的大危機；

6.《男孩的第一滴淚》，則將焦點放在探討少年的內心，少年鋌而走險，掙扎成長，他們的人生和內心，充滿迫逼與無奈，他們還有出路嗎？還有將來嗎？但願少年們都能在成長的挫折中見光明。

少年英雄跨三代

香港警犬，自小入伍，表現優秀的多不勝數，屢屢獲獎亦大不乏犬。我們看到牠們的忠誠可靠，英勇立功，但牠們心中的歡樂哀傷，恩怨情仇，我們又知道多少？能夠認識這些故事中的警犬，是我和你們的榮幸。

《特警部隊》系列中的香港警犬隊，橫跨三代：

第一代有精明機智的 Nona 露娜、穩重成熟的 Max 麥屎、英俊多情的 Rex 力士、憨厚害羞的 Jacky 積仔、善妒暴躁的 Tyson 泰臣、怯懦畏縮的 Lord 囉友、熱情敏銳的 Bo Bo 阿寶、高傲自恃的 Dyan 阿歹、改邪歸正的 Hilton 希爾頓；

第二代有 Nona 露娜的頑皮仔 Epson 阿爽、好動愛色 Baggio 巴治奧、王牌搜神 Coby 高比、嚴謹女神 Connie 康妮、嬌嗲公主 Antje 安琪、陰險毒辣 Jeffrey 緽飛；

第三代有「黑煞三王子」：三頭黑金剛，包括勇猛善戰 Tango 彈高、不怒而威 Owen 奧雲、剛柔活潑 Lok Lok 樂樂等，當然還有 Antje 安琪所生的幼犬⋯⋯

故事串連停不了

　　數一數，竟有近二十頭之多，牠們就像人一樣，各有各的性格和所長，各有各的際遇和故事，我就以香港警隊從荷蘭引入的第一代瑪蓮萊犬 Nona 露娜做主線，用牠洞悉一切的靈慧犬眼看世情，串連牠和其他同僚驚險刺激的執勤際遇、艱苦準確的訓練和考驗，日常相處的趣事瘀事等，刻畫每一頭警犬獨特的性格、情緒、成長及面對考驗的種種，讓讀者看出趣味，也思考成長，思考社會。

衷心感謝好因緣

　　在此，謹以摯誠的心再多謝香港警犬隊前高級督察吳國榮先生，有他的協助和指導，我才能寫成這系列小說。寫到最後，故事中第一代的警犬都退休了，吳督察也退休了，而我，也從香港大學教師的崗位上退了下來，我們正在開展更豐盛多姿的人生階段，繼續以最大努力回饋社會，但願普天下成年人慈悲為懷，淨化社會，共建安祥和平，讓兒童都能夠健康快樂的成長。

　　《特警部隊》系列小說，得前香港警務處處長鄧竟成先生、警犬隊前高級督察吳國榮先生、立法會議員葉劉淑儀女士、前立法會主席曾鈺成先生、著名兒童文學前輩阿濃先生賞識賜序，再謹此致謝。在此，也要多謝新雅文化事業有限公司前董事總經理朱素貞女士支持、前副總編輯何小書女士督成、前編輯部經理甄艷慈女士費心，這系列六本警犬小說才得以出版，並得到讀者喜愛。而今年因得董事總經理兼總編輯尹惠玲女士賞識得以修訂再出版，謹此致以深摯謝意。

徐慧玲

（2021年修訂）

目錄

第一章　傳說中的鄉村魔犬

警隊中，有一個傳說：香港郊區，有一羣魔犬，樣子兇惡，個性兇殘，犬牙尖利，他們聯羣結隊，浪盪山野，出沒鄉間，穿鄉過村，出沒無常，時常不問情由，胡亂哮吠咬噬，盡情破壞，肆意殺戮，真的駭人聽聞。

「吳 Sir，真的有傳說中的鄉村魔犬嗎？」剛接到命令要到大埔猛鬼橋巡邏的九十後年輕警察哥哥，焦慮地追問警犬老爸。

「汪，不對，小弟，那些是狗，不是犬！」我 Nona 露娜最清楚也最介意「犬」、「狗」不分了。

犬，褒義詞，是神性，正義的象徵，如警犬、軍犬、拯救犬、消防犬、緝毒犬、搜爆犬、導盲犬、醫生犬等等。

狗，貶義詞，是罵人的話，如野狗、落水狗、狗腿子、狗肚腸、狼心狗肺、漢奸走狗、狗眼看人低、狗嘴長不出象牙等等。

「聽故事不必執着，暫且沿用流傳下來的題目

吧。」警犬老爸看透我的心意，拍拍我的頸項説。

鄉村魔犬的傳説，是昔日警隊中一位神探咕 Sir 説的故事。

「咕 Sir 是誰？名字這麼奇怪的？」心急、沒耐性是年輕人的特點，警犬老爸説故事的節奏實在太慢了，但我 Nona 露娜跟着警犬老爸，時常聽到他説：「做警探，就要心細、有耐性，才能觀察入微，找到線索。」我知道，放慢節奏説故事，是他訓練警犬隊的方法之一。

警犬老爸説故事，自有他的風格，他並不立即回答警察哥哥的問題，而是繼續向大家述説傳説中的鄉村魔狗。

偌大的草地上，夕陽西下，午後的餘溫從地裏面滲透出來，在寒冬中使人和犬都覺得特別舒適，更何況聽着有趣的、耐人尋味的故事。

神探咕 Sir 仍然健在，退隱山間，和太太過着逍遙自在的生活，每星期到內地打高爾夫球，十分寫意。

「吳 Sir 呀，快説説傳説中的鄉村魔犬吧，明天我要去大埔猛鬼橋『行 beat*』，好擔心呀。」年輕警哥

＊行 beat：警察到街上巡邏。

11

就跟現代的年輕讀者一樣，不要細節，只要情節，他表現不耐煩地催促道，忘記了警犬老爸的官階比他高許多，我 Nona 露娜差點要吠他，吠醒他注意大小尊卑。警犬老爸倒沒所謂，橫豎這不過是講故事時間，而且他又平易近人，愛提攜後輩，最關心年輕警察的成長。

話說咕 Sir 在一九六七年香港暴動時投考督察，由於他生得高大，很有威儀，站出來，已能震懾全場；加上他為人心思細密，觀察力強，許多罪案的蛛絲馬跡，都逃不過他的法眼，所以屢破奇案；更難得的是他擅長謀略，所謂「諗計仔」，對付罪犯，最擅長跟走私罪犯大鬥法。

「咕 Sir 是誰？在警隊網頁可以查到他的姓名嗎？」年輕警哥打岔說。

人人轉頭望着他，年輕警哥沾沾自喜，覺得自己很聰明，吸引了注意，證明了自己的存在。警犬老爸卻白了他一眼，說：「李多問，還要聽鄉村魔犬的傳說不？」

「對，快告訴我，明天我要去大埔猛鬼橋行 beat。」人，真的不怕生壞命，最怕改壞名字。

唉，年輕人，我們知道了，你明天要去大埔猛鬼橋行 beat，這麼囉嗦！汪！

話說一九九一年，咕 Sir 在三門仔追蹤走私客時遇上反跟蹤。

「啊！超緊張！」年輕警哥聽得十分緊張投入，叫了出來。

眾人又回頭看了他一眼，警犬老爸好整以暇，繼續說他的故事：

咕 Sir 暗中吩咐手下按照原訂計劃捉拿疑匪，他自己則單槍匹馬坐上一輛電單車引開跟蹤者，他故意詐作不知道被跟蹤，保持電單車速度，讓跟蹤者追得上，有時更停下來作觀察狀，最後，他接到手下通知，他們已經行動，並且成功拘捕了走私客，他於是風馳電掣，黑夜狂飆，以擺脫跟蹤者。最後，咕 Sir 抄小路入村，準備翻過村後小山坡，到海邊跟伙記會合，當時是半夜三點鐘。

前面一片漆黑，咕 Sir 自恃自己高大健碩又孔武有力，在電單車車頭燈的照射下，一路沿小路入村，其實就在這時候，十二隻慘綠的眼珠正在暗處射出兇光，牢牢地盯着他，暗中跟着他……

「Yes！」聽到緊張處，年輕警哥又叫了，只是，故事太吸引了，沒人再理會他。

他才到村口，下了車，準備上小山坡時，六條鬼

魅似的黑影倏地「嗖」、「嗖」、「嗖」、「嗖」、「嗖」、「嗖」地撲出來⋯⋯

「是鬼麼?」咕 Sir 的第一個反應,是以為自己「撞鬼」!

四周一片黯黑死寂,十二隻陰險綠眼狠狠地露出殺氣,黃色的尖牙在月色下閃閃發光⋯⋯

「汪汪汪汪汪汪汪⋯⋯」黑夜裏狂吼,尤其叫人膽顫心驚。

「吁!是狗吧!」始終,與狗鬥,人還是比較有信心的。

咕 Sir 知道好漢不吃眼前虧,想拔腳逃命,但卻又擔心天黑路斜,兩條腿怎樣跑,也跑不過這批四腿鄉村魔狗,他急中生智,極速撲向最近的一棵樹,拚命地往上爬,魔狗追上來,撲跳要噬他,惶急中,他的一隻鞋子被扯掉了,魔狗噬他不着,在樹下狂吠,吠聲震天,十分恐怖。

咕 Sir 坐在樹上,風涼水冷,葉聲沙沙,頭上月圓似餅,月色照着兇狗,十二隻狗眼更顯得慘綠,口中狗牙,在電筒光照下,閃亮恐怖,此時,咕 Sir 才聽到四周蟲鳴唧唧,還有不知名的山野動物的叫聲,咕 Sir 知道,此地不宜久留,苦苦思索如何脫難。

就在這時，鄉村魔狗發動進攻，兩兩三三地輪流聳跳撞樹攀撲，要把咕 Sir 撞下來！

「哇！勁恐怖！簡直是魔犬呀！」年輕警哥真的情感外露不掩藏，好像正在寫他的 Facebook 面書一樣。

「汪汪，喂，是狗，不是犬呀！小心說話！」

警犬老爸輕輕拍拍我的後頸，示意我稍安毋躁。

算了吧，你年輕，我 Nona 露娜原諒你中文不好，犬狗不分。

警犬老爸嘴角泛笑，繼續魔狗傳說的故事：

一來形勢不妙，跟這批鄉村魔狗玩不過，糾纏不過；二來工作要緊，還有走私客和走私貨要押送回警署，咕 Sir 用無線電通知伙記帶警棍來營救⋯⋯

「砰！用槍打狗嘛！」

「哈哈哈！」年輕警哥引得大家笑起來，我們也趁機「汪汪汪」笑一番。

「用槍打狗，明天豈不上報紙頭條，大字標題『**無膽警司　濫用暴力　浪費公帑　竟然用鎗射村狗！**』還有傳媒採訪，刊登醜相，笑死全城，到時個人榮辱事小，失禮警隊事大。」事後，咕 Sir 跟同事說起魔狗的事，有伙記跟年輕警哥的反應一樣，提出了同樣問題，當時咕 Sir 就說了這番話。

　　伙記帶着警棍前來之際，不知何處忽然傳來一聲呼嘯，十二隻慘綠狗眼倏地撤退，消失得無影無蹤，咕 Sir 審度形勢後，悄悄爬下樹來，在伙記到達前，整理好制服，穿好掙脫的警察皮鞋，倚在樹幹上，一派好整以暇。

　　鄉間猛狗，各處皆是，咕 Sir 聽老人家說惡狗怕老虎，惡狗嗅到虎糞的氣味，便會害怕得蜷縮伏地，不敢亂吠亂動，甚至翻轉身體，露出肚皮，表示降服。話說當年，大陸人偷渡來港，禁之不絕，攔之不盡，邊境加派軍人，帶着警犬巡邏，警犬受過嚴格訓練，是偷渡者剋星。偷渡者於是想出奇法，以虎治犬，老虎威武，百獸懾服，虎糞腥臭，令所有動物驚恐不安，偷渡者不懂打虎，也不知道哪個山頭會有老虎糞，於是，他們想到去動物園向員工購買，據說一塊虎糞乾，動輒要數百元！真是靠老虎糞發大財！有員工甚至因為搶糞，在老虎籠中大打出手！

　　老人家說話不會錯，咕 Sir 於是去找老虎糞……

　　「不對，香港沒有老虎，哪有老虎屎呀？耆英講大話。」年輕警哥又打斷警犬老爸的故事，「老虎屎跟狗屎看來差不多，咕 Sir 得到的不過是狗屎！」

　　「狗屎？兄弟，你年輕，知不知道香港以前有個

遊樂場叫『荔園』的？」警犬老爸不喜歡年輕警哥輕佻無禮，但還是忍着氣回應他。

「沒聽過，網上沒見過資料，也沒有 Facebook 面書羣組朋友提過。」年輕警哥當然不承認自己孤陋寡聞。

警犬老爸不再理會他，繼續講故事：昔日香港人熱愛的遊樂場——荔園，就在現今九龍美孚新邨後面，裏面除了機動遊戲、攤位遊戲外，還有個動物園，養了頭老虎。咕 Sir 就是在哪裏取得老虎糞傍身的。有過驚遇鄉間魔狗的事，從此之後，咕 Sir 外出查案，袋中必有老虎糞。

「再不，舊日的兵頭花園，即昔日港督府現在的禮賓府對面的動植物公園，也養了一頭老虎。要取老虎屎，是有門路的。」不知誰補充說。

「真的有效？」大家不約而同，心裏起了疑惑。

有沒有效？咕 Sir 自己也不知道，但自從他袋中放着外表像乾狗糞的「老虎屎」之後，惡狗見到他，便老遠老遠地走開，不要說發惡現身，狗影也不見一個。

「香港怎會有老虎，未聽過！」年輕警哥還想證明自己沒錯。

「兄弟，誰說香港沒有老虎？去山頂甘道警隊博

物館看看以前警察英勇打虎的照片吧。」我 Nona 露娜的領犬員兄弟忠仔也禁不住要指導指導他。

「他袋中有屎，豈不臭遍全警署？」九十後很注重衣着漂亮，有型有格，平日不上班，更要塗古龍水，衣袋裝糞，對他來說，簡直是天荒夜譚，匪夷所思，No Way！

故事還有下文，別被年輕警哥打亂了思維，忘記了案情。

那一次行動，咕 Sir 是要領隊去三門仔執行反走私工作的，咕 Sir 辦案，奇謀迭出，非比尋常，他命人在三門仔海邊暗中埋下繩網陣，繩網藏在水中，走私的「大飛」快艇一到……

「汪汪！」自以為是「搜爆一哥」的 Jeffrey 大飛，一聽到警犬老爸說「大飛」，便吠叫起來，沾沾自喜。

「汪汪汪！表錯情！表錯情！」大夥兒趁機起哄了。

兩邊躉船絞上繩網，當走私客發覺有埋伏，想開艇逃遁，卻被繩網攔截，前進不得，後退不能，黑夜中，還以為是摩打被水草纏着死火，躉船絞起繩網，將整艘「大飛」快艇托起，半吊在空中，搖晃擺動，船上的走私客驚訝萬分，他們習慣摸黑行動，黑暗中

只覺「大飛」快艇被一股神秘力量托起，艇上人馬紛紛跌倒，十分詭異，嚇得跪下膜拜，口中頻呼：「菩薩保祐！菩薩保祐！」繩網陣建奇功，搜獲走私汽車和毒品，實在使人嘖嘖稱奇。

後來，咕 Sir 再集齊人馬入村搜查，村屋已經人去樓空，魔狗也不見了，看來，走私客已經收到風聲，惡人惡狗，轉移陣地了。

罪惡之火，屢滅屢生，滅完又生，難道罪惡，就如離離原上草，野火燒不盡，春風吹又生？

「咕 Sir 到底是誰？」年輕警哥追問。

「你不是説去警隊網頁搜查咕 Sir 底細嗎？」我 Nona 露娜的兄弟陳 Sir 揶揄他説。

年輕警哥鍥而不捨打爛沙盤問到底的精神，終於打動了警犬老爸，他欣賞地笑着説：「他的姓名是林桂彬，前任總警司。」

「哇，五行欠木麼？三個字有五個木，兩個土！」年輕警哥倒有觀察力，也有點中國文化知識。警犬老爸心想：「觀察入微，聯想力強，也可以是個可造之材。」

「明天我要去猛鬼橋，看有沒有鄉村魔犬？」年輕警哥，瞻前顧後，好像欠了點膽識。

「那羣鄉村魔犬會不會去了猛鬼橋？」

「汪汪汪，討厭！是狗不是犬！」

「我帶的狗狗不夠『勁』？」

「汪汪汪，討厭！你帶的是警犬呀，兄弟！」

年輕警哥頭愣愣，根本不知道眾犬為什麼無端吠他。

看，這就是警隊生活，工餘時，曬曬太陽，玩玩遊戲，聽聽故事，多寫意！

呀，故事還有下文：當天晚上，年輕警哥真的上網搜尋，發現了他認為是天大的秘密，秘密中的秘密⋯⋯

秘密一：咕 Sir 林桂彬，前任總警司的爸爸是在赤柱監獄工作的！

秘密二：咕 Sir 一家住在赤柱宿舍，他自小便見慣監犯，對犯罪學有興趣；

秘密三：咕 Sir 因為自小口吃，不愛說話，應對時只會發出「咕咕」的聲音，被人叫做「阿咕」，加入了警隊，便被稱為「咕 Sir」。

年輕警哥覺得，他的「超驚天」、「勁有趣」的大發現是：咕 Sir，林桂彬，竟然是政制事務局*局長林瑞麟的哥哥！

* 政制事務局於 2007 年正式改名為「政制及內地事務局」。

21

第二章　警犬公主病

「轟隆！！！轟隆！！！！轟隆隆隆隆隆轟……」

「嗖嗖……」

警犬訓練學校裏，眾犬低泣哀鳴，如泣如訴……

近來天氣十分奇特，老天爺愛玩瞬間變臉，一會兒酷熱難當，一會兒大雨滂沱，這幾天更是風雲驟變，有時風雨交加，有時雷電不絕，有時更來個最可怕的旱天雷劈，弄得我們寢食不安，坐也不是，立也不是。看，那頭天生性格暴烈的洛威拿犬老大哥 Tyson 泰臣正不停狂吠，又在啾啾吠唱他的著名疊句：

「汪汪汪！汪汪汪！不要閃電！不要閃電！不要行雷！不要行雷！咬死你！咬死你！」

「Tyson*，你有病嗎？QUIET！」姚 Sir 被自己的愛犬吵得也煩躁起來。

「汪，姚 Sir 呀，低氣壓籠罩，犬科貓科全都心緒不寧，躁動不安哩，即使人類，也覺得渾身不舒暢

* 有關 Tyson 泰臣的笑話，請看《特警部隊 1・走進人間道》。

22

吧？不要再罵 Tyson 泰臣吧，他是跟你出生入死的好兄弟呢！」

我 Nona 露娜不喜歡洛威拿犬 Tyson 泰臣的剛愎暴烈，自以為是，但犬隻怕打雷這件事，關乎犬的特性，犬隻根本不能自我控制，人類既然所知有限，就應該體諒。姚 Sir，你便忍耐一下吧。

親愛的讀者，告訴你們，其實，每閃一次電，行一次雷，人類固然會被嚇着，而犬類，對自然的威力感應更大，可説簡直是摧心撕肺，膽顫心寒。養狗的人，一定試過在行雷閃電時，看到狗狗顫慄不安，雙爪狂抓地下，要找個地洞鑽下去的情形；或齜牙咧嘴，發瘋狂吠；或狂追自己的尾巴咬噬，在這時候，千萬不要嘗試走近安慰他，否則，保證你身上，特別是你那雙伸出去的友誼之手——開洞！

這一個晚上，就是女警犬 Antje 安琪事件驚動全城的晚上。據天文台記錄，九個小時內，共錄得 5,811 次雲對地閃電和 3,441 次雲間閃電，合共 9,252 次閃電！

九千二百五十二次！

九小時是 540 分鐘，即 3 萬 2,400 秒，平均每 3.5 秒就閃電一次！

直播新聞台不斷播出驚心動魄的畫面……閃閃

閃，轟隆轟隆轟隆⋯⋯

天空電叉狂插！

新界村屋遭雷擊着火，火光熊熊！

港九多處地方發生塌樹，險象橫生！

膽怯的人們躲在屋內，孩子緊緊摟着爸媽，不好意思示弱撒嬌的少年把自己藏到被窩中⋯⋯

耀眼的藍光，狠狠地劃破夜空，像呈現許多叉形的樹椏從四方八面往地上激插，將整個黑漆漆的天空切割得支離破碎，雷在低低的雲層中咆哮，像要衝出濃雲的枷鎖，低吼着，掙扎着，發出破牢而出的「轟隆隆，轟隆隆」的連環爆炸，互相追逐，在聽覺靈敏的犬耳朵裏爆響，還留下「嗡嗡」的餘聲，不絕地搔動耳鼓，令我們心膽俱裂，混身顫慄，難受極了！還有那風聲呼嘯，雨聲嘩啦，樹木拚命搖撼發出的沙沙作響，就像千軍萬馬在天地間馳騁，天動地搖，威力大得令我們喘不過氣來！

警犬訓練學校的犬舍，吠聲此起彼落，不絕於耳，鐵欄被撞得轟轟作響。

這時候，長沙灣警署內，正在署內駐守服役，準備隨時應命出動的三歲警犬 Antje 安琪，也顯得躁動不安。

Antje 安琪，三歲，如果犬隻一歲相當於人類七歲，三歲的 Antje 安琪便是犬中的青春美女，她和我 Nona 露娜同品種，瑪蓮萊犬，犬毛深啡亮麗，犬鼻犬耳綴上奪目的黑色，身型中等，十分漂亮。她性格嬌哆友善，是雄犬的蜜糖兒，她很自覺是犬中公主，要被服侍，愛受稱讚，有時也發發公主的刁蠻脾氣，鬧鬧情緒，吸引注意，尤其是每次大地被低壓槽籠罩時。

她很懂得向她的領犬員阮 Sir 撒嬌，阮 Sir 也很愛錫她，暱稱她做「冧豬」，只是，阮 Sir 沒想到，他的「冧豬」會鬧出一宗轟動全城，令警犬隊蒙羞的醜聞！

今天，被送到長沙灣警署準備出勤的 Antje 安琪早已顯露出坐立不安，在無封頂的犬欄內不停繞圈，發出嚶嚶低鳴，在警署內，躁動的警犬沒有狂吠叫囂，已經是極大的克制。

整個晚上，雷電交加，沒停止過⋯⋯

每一次，窗外的閃電，就像穿透玻璃似的，直刺她的雙眼，接着「轟隆隆，轟隆隆」的雷聲，更像一個大槌從上扑下，直擊她的心臟，一次又一次，Antje 安琪被嚇得嗚嗚低嘷，如泣如訴；但她亦不斷團團亂鑽，像要找個避雷所躲起來似的。警署內的兄弟太忙了，沒有人注意到她的不安與躁動。

凌晨三時，忽然來了一串連續「轟隆隆隆，轟隆隆隆」的特大雷聲，Antje 安琪被嚇得整個蹦跳起來，躍過八呎高犬欄，從此失蹤！

在這風暴雨狂，雷電交加的恐怖黑夜，她到底去了哪裏呢？

長沙灣警署，這所曾在二零零七年發生過犯人逃脫事件的警署；去年，又發生過被人潛入偷警察制服事件；今天，駐署警犬失蹤了，竟然沒有人發現，直至……

「Antje，出勤囉！」Antje 安琪的領犬員阮 Sir 走向狗籠，高聲向拍檔打招呼，他正一邊走路，一邊低頭檢查出勤文件，沒發現事態有異，一抬頭，赫然發現犬籠空空如也！

「糟糕！」阮 Sir 心一沉，犬籠內不見 Antje 安琪，只見地上撒下一泡尿！

「沒可能的，我分明在上洗手間前才把她安置在這裏！閘門鎖還在，她怎麼不見了！」阮 Sir 差點懷疑自己患了失憶症，沒把 Antje 安琪從警犬訓練學校帶出來。

阮 Sir 焦急地走遍整個長沙灣警署，希望在什麼角落發現 Antje 安琪，那便可以大事化小，小事化無。

「Antje，Antje……」輕輕地呼喚，焦急地呼喚，可惜都沒有回應，Antje 安琪的犬影丁點兒不見。

阮 Sir 帶着焦慮又無奈的心情，向當值警司報告。

警司的即時反應是：難道有人潛入警署偷警犬？警司立即採取應對措施——

第一步，翻看幾個閉路電視錄影，看到 Antje 安琪躁動不安，擰着頭仰着鼻，還不時繞着自己的尾巴轉，有時又在地上刨抓，甚至用牙齒咬圍欄，喘氣哀嚎，嘴角還流口水；忽然，她像被什麼驚嚇似的，面露惶恐，全身顫慄，下體失禁，撒了一地的尿，最後只見她曲背彈腰，發力一躍，跳過八呎犬籠頂！（老實說，乑豬體形纖瘦，跳躍姿勢，實在美妙！）看到這裏，阮 Sir 禁不住讚歎：「Antje 她已懷孕，動作仍然如此利落，真難得！」結果，阮 Sir 被警司白了一眼。

接着，只見她慌不擇路似的奔過警署內連貫各間警官辦公室和疑犯扣留所的通道（警犬在警署內閒蕩，是沒人過問的，大家兄弟嘛！），接着的畫面是：Antje 安琪拐了一個彎，走進燈光明亮的警署大堂（大堂人多，沒注意有警犬出走，不足為奇！哦，真的嗎？）接下來的一刻，只見 Antje 安琪趁有人推門，跟了出去。

　　然後跑過停車場，再竄過警署大閘，敏捷利落！（Wow，警署大閘有人把守，Antje 安琪怎可自出自入？簡直匪夷所思！）然後，她走進狂風暴雨，雷電交加的恐怖黑夜裏，消失了……

　　看罷錄影帶，證實 Antje 安琪出走了，第二步，警司立即下令大批「藍帽子」警員在長沙灣一帶展開地氈式搜索，還告誡警隊兄弟，即使找到 Antje 安琪，在閃雷時千萬不要使用手機報訊，以免招雷劈。

　　狂風暴雨，電閃雷轟，兄弟在長沙灣區內逐街逐巷地氈式搜索，阮 Sir 更是心急如焚，既擔心 Antje 安琪受傷，又擔心她情緒過於激動，引致流產，還擔心她被野狗野貓欺負，更擔心她被貪心市民收藏或飼養作寵物，或販賣圖利……當然，Antje 安琪有事，想他也要受處分，自身難保吧……

　　雷電交加中，地氈式搜索，徒勞無功。

　　Antje 安琪到底哪裏去了呢？

　　「為什麼不派警犬協助搜索呢？」搜爆一哥 Jeffrey 大飛曾經有這樣的疑問，「我有信心，如果當晚，立即召我去搜索，一定成功的！」

　　我 Nona 露娜則有些懷疑：大雨沖洗了氣味，雷電嚇怕了犬隻，警犬搜索警犬，真的有用嗎？！

地氈式搜索失敗，警司一方面通知外勤人員在當值巡邏時留意有沒有 Antje 安琪蹤影，另一方面發出「尋狗啟事」（這是誰的手筆？中文這麼差劣，連標題也弄錯！應該是「尋警犬啟事」呀！真笨！）

警方將失蹤 Antje 安琪的照片和特徵描述刊出，呼籲市民協助尋犬：

尋狗啟事

警方尋警犬 Antje，中文名安琪，比利時牧羊犬（又名瑪蓮萊犬），三歲，啡黃短毛，黑嘴，黑耳朵，高 0.9 米，重 27 公斤，身長 1 米，駐西九龍警局，如有市民發現其蹤影，請立即通知長沙灣警署。有賞。

電話：2852-2XX9

立法會上，一位王姓議員正在大聲批評：「警署竟然走失警犬了！實在是太過分了！簡直是匪夷所思了！這反映警署保安有漏洞了！閉路電視形同虛設了！不知所謂了！」他還咬牙切齒，食指直指向我們

的鄧署長說，「連狗都看不牢了，怎保障犯人不逃脫了？！」

（又來了！狗狗狗！了了了！一點也不尊重我們這些公僕了！汪！）

（還說閉路電視形同虛設？兄弟們不正是從閉路電視的錄影片中知道乒豬出走的經過嗎？）

王了了議員連番炮轟，鄧署長被轟得差點招架不住。

「他有沒有擲蕉？」不知誰問道。

「他姓王，不姓黃，姓王名了了，姓黃的擲蕉，王、黃不同，別弄錯了。」解釋得真清楚。

一天、二天、三天……過去了，Antje 安琪音蹤沓然……

她有東西吃嗎？

她會被流浪狗欺負嗎？

她會被人藏起來嗎？她可漂亮呢！

難道她死了？

「一定被野狗咬死了！一定被野狗咬死了！」（這是誰說的，有看《特警部隊》系列的讀者都知道。）

「她有病才是，汪，公主病，鬧情緒，公主出走，

想嚇人！」

「汪，影響我們警犬隊聲譽！」

警犬中不喜歡 Antje 乑豬的多的是。

而我 Nona 露娜，擔心的是她肚內的 BB ！

大家望着 Antje 乑豬的犬舍，七嘴八舌訴説自己的猜測和感受，有同情的，有幸災樂禍暗暗高興的，有不屑的，有斥責的……

九天了，Antje 乑豬仍然音訊全無，大家不再心存希望，心理上已接受失了一頭好姊妹，還互相告誡做事不要衝動，雷電不可怕等等……

第十天，大年初四，黃昏，出乎意料之外，阮 Sir 忽然帶着 Antje 乑豬回來了！

回來了！公主警犬歸家了！

我們正在大草地上休息，聽到消息，關心 Antje 乑豬的兄弟姊妹大喜過望，吠聲此起彼落，互傳喜訊，還紛紛擠到梁警官的醫療室前探消息。

Antje 乑豬消瘦了，左前腿受了傷，走路一拐一拐的。

聽阮 Sir 向警犬老爸報告：Antje 是在警署後山山頭青山公路九華徑十號屋外被發現的，當時十號屋的村民並不在家，是隔鄰八號屋的村民聽到狗隻

不停吠叫，開門察看，看到一頭「流浪狗」伏在十號屋門外哀鳴，頸部帶着頸圈，因為在報章上看過「尋狗啟事」上的照片，所以一眼便認出是走失的警犬，立即致電通知警方。

Antje 歮豬回來了，警犬訓練學校的梁醫官檢查結果，Antje 歮豬身上及腳上多處擦傷，左前腿受傷，像是與流浪狗打架弄成的，幸好她的胎兒無恙，但她的體重輕了兩公斤，明顯消瘦了許多，這對孕婦來說，便不大好了，要好好調養。梁醫官開了藥，給 Antje 歮豬治療外傷和懼雷症，希望在下一場暴風雨來臨的時候，她能夠表現得輕鬆一點，不要再喘息跺足，坐立不安。由於 Antje 歮豬懷了警犬 BB，警犬老爸不想嚴厲懲罰她，如扣她的糧食，要她捱餓；或罰她獨處，心理折磨，反之要盡量安撫她，讓她睡足吃足玩足，令她安靜養胎。不過，能不能徹底醫好她的雷電恐慌症，梁醫官也沒有把握。

吃飽之後，睡了一晚，第二天，出走十天歸家的 Antje 歮豬疲憊不堪，但精神卻比昨天好多了。

大草地上，朝陽初照，草上還盛着露珠兒，空氣清新得叫人叫犬精神爽利，大家圍着出走的「公主」，想尋找公主的秘密。

「Antje 孖豬，這十天到底去了哪裏？」眾犬紛紛追問，只有洛威拿犬 Tyson 泰臣坐得遠遠的，表面上擺出一副冷酷樣子，其實在豎起耳朵；Max 麥屎哥哥近來身體情況不大好，懶洋洋地躺在草地上曬太陽，閉目養神。

為免快做媽媽的 Antje 孖豬太疲累，有關她「公主出走」的故事，就由我 Nona 露娜來複述吧：

那一個晚上，行雷閃電，沒停止過，Antje 孖豬早已坐立難安，如果她的兄弟細心一點，將會見到她在犬籠裏惶恐不安，不時繞圈踱步，不時嗚嗚低嘽：「兄弟兄弟，你在哪？快來啊！」

不穩定的天氣像魔鬼般撥弄她，刺激她，使她感到越來越緊張。

忽然，一個「轟隆隆隆，轟隆隆隆」的特大響雷，嚇得她整個彈跳起來，心頭卜卜亂跳不停，兄弟又不在身邊，急惶中，她發瘋地拚力一躍，跳過困着她的犬籠鐵欄，她要找她的阮兄弟去！

話說那犬欄，足有八呎高！不是強勁的迸發力，普通犬隻是跳不過的。這道力，通常在我們要考過關試或追捕疑匪時才能夠迸發出來。現在，Antje 孖豬凌空起拔，一躍八呎，實在是當時太惶恐了！

　　前面是長長的警署通道，Antje 夭豬慌不擇路，盲目亂走，竟然讓她走到警署大堂，Antje 夭豬也不記得當時情況，只知道大堂有許多人，警察們都忙碌地工作，沒有人注意到她，她嗅不到自己兄弟的氣味，忙亂中，似乎聽到一個女子尖叫道：「誰的狗？誰的狗？」至於有沒有人因為聽到尖叫而要捕捉她，Antje 夭豬就不知道了。

　　Antje 夭豬盲目地闖過警署大堂，跑到警署大閘門，空地上橫風橫雨，暴雨打得 Antje 夭豬睜不開眼來，只聽到有汽車駛動的聲音，她說自己好像再跳過警署大閘門，又好像尾隨汽車走出大閘的（根據錄影片，所謂警署大閘，只是一道阻止汽車通過的欄柵，Antje 夭豬沒有再跳，而是在欄柵下竄過的。）

　　「吓，警署關卡重重，你也跳得過，走得過，竄得過？Antje 夭豬，我封你做偶像！」聽故事中，有犬說了這些話，一聽聲音，我 Nona 露娜便知道是警犬隊中的「彈跳王」——Baggio*巴治奧，小巴。小巴是警犬隊中的彈跳高手，也是我 Nona 露娜的小兒子 Epson

＊有關 Baggio 小巴和 Epson 阿爽的故事，請看《特警部隊 2．伙記出更》及《特警部隊 3．搜爆三犬子》。

35

阿爽的好朋友。

　　就這樣，慌不擇路中，乂豬走進狂風暴雨，雷電交加的恐怖黑夜。

　　她到底要走去哪裏呢？

　　她沒有目的地，在雷電交加中，她低頭耷耳垂尾，一直慌亂地走着，只記得好像有時要衝過馬路，有時要向下跳，有時又往前衝，有時又要向上跑，跑了好久，雨稍停了，雷聲暫歇，她才發現自己在一個山上，沒有人，沒有建築物，沒有燈光，她害怕得「汪汪」吠叫她的兄弟阮 Sir，她又哪裏會得到回應呢？！向山下望去，下面燈光隱隱，哪兒才是警署呢？那一晚，繼續雷吼電擊，Antje 乂豬渾身濕透，躲在山腰一處石隙中，一動也不敢動。

　　風雨雷電，直至第二天早上才停止。山上的動物紛紛出來覓食了，小鳥、松鼠、猴子、野狗，還有兇惡的野豬。Antje 乂豬勢單力薄，只好靜靜匿藏，不敢輕舉妄動，幸好大雨洗刷了氣味，野狗暫時不會發現她。

　　混身濕透全身不停打顫的 Antje 乂豬，看見野狗羣和野豬都走向山下覓食去了，才敢輕聲地哀哀叫吠：「阮兄弟，我在這裏呀！」可是，山下的警察兄弟又

怎會聽到她的求救呢？公主肚子餓了，要吃東西了，但警犬學校只教捉賊搜爆搜毒，沒教過野外求生，更禁止在外亂吃東西，Antje 芺豬根本不知道怎樣去找吃的。

出走第二天，在山上石隙中躲了一整天，也餓了一整天，憋得四肢痠痛，也餓得手軟腳軟⋯⋯

第三天大清早，她趁野狗野豬還未活動，悄悄地溜出來，想在山徑旁的垃圾桶裏找吃的，還未找到垃圾桶，遠處村中家狗已經嗅到闖入者氣味，狂吠起來，嚇得不慣做賊的警犬夾尾逃跑，還被坐在樹椏上的猴子嘲笑：「無膽匪類」！更向她擲石頭，公主警犬受到前所未有的欺負，卻只能「汪汪」輕吠兩聲，夾尾落荒而逃。

她在山上遊蕩，終於避不過和野狗蹺頭。

路上，野狗聯羣攔路，在前面的一頭黑色大狼狗，雄性，體形高大，臉上一道疤痕，從眼角斜斜滑下，直至嘴邊，他不怒而威，用三角眼盯着她。看來，他是羣狗的首領，他身後那批傢伙，有十來頭之多，有狼狗、唐狗、洛威拿、混種狗等，他們的背脊、腿部，甚至面上、頭上的皮膚都露出或大或小的紅斑，有些地方是皮膚病，有些是傷疤，他們齜牙咧嘴，蓄勢待

發，要對付外來客、「入侵者」，Antje 乓豬心知來者不善，形勢不妙，避免和他們對望。在狗狗世界，對望就是示威，就是挑釁！

「哼！警犬來唄！」首領沒說話，他身後的唐狗跟班率先揭發了 Antje 乓豬的身分。從來警匪不兩立，乓豬以一對十三，危險至極！

這羣兇惡的傢伙，難道就是「傳說中的鄉間魔狗」，走到山野中繁殖、壯大？

「首領，噬她！」疤面大狼狗還沒說話，混種狗已經叫囂起來。

「稍安毋躁！人家懷孕了，還欺負人家？算什麼大丈夫？我們走！」大狼狗吆喝一聲，在羣狗簇擁下下山了，留下 Antje 乓豬被嚇得癱瘓路旁。

好眼利的首領！有風度！我們不期然對他肅然起敬，如果有機會遇着他，我一定多謝他放過警犬 Antje 乓豬小姪女。

「那你為什麼不循氣味回警署？」Epson 阿爽問道，他和 Baggio 小巴，Jeffrey 大飛是聞名警隊的「搜爆三犬子」，是嗅索高手。

聽到發問，Antje 乓豬開口，繼續說故事：「最初是被雷電嚇破了膽，害怕得亂衝亂竄，也不知道自己

在做什麼。驚魂甫定之後，又氣憤難平，阮兄弟根本不關心我，疼錫我，體貼我，人家怕行雷閃電，他還說要我出去巡邏，我生氣了，離他出走，要他為我寢食難安！要他自己來找我，呵錫我！」

噢，天！公主呀，我的公主，錯，永遠是別人的，犯了錯，還要嬌嗲要人疼，永不臉紅！我 Nona 露娜禁不住心中罵道。

「那後來呢？氣下了呢？你仍然得想辦法下山，嘗試回家啊！」

「大雨下了幾天，我嗅不到什麼『氣味之路』啊，只好等大家來找我！」

唉，Antje 乑豬，你公主病發作，可知道浪費了多少警力去找你？！

Antje 乑豬在山上餓了幾天，只喝石隙間雨水，手腳軟弱，有氣無力了，怎有力量找路回家？最糟糕的是，山中路滑，多次跌倒，腿部受傷，全身皮肉亦被鋒利的樹枝劃破多處。

第九天，混種狗趁首領午睡休息，找到 Antje 乑豬，不由分說，就向她猛力一噬，Antje 乑豬身體虛弱，躲避不及，前腿上首先中噬，還來不及站起自衛還擊，混種狗又撲過來，張口就咬……

第三章　生死之間

　　Antje 乑豬在山上流浪，餐風露宿，已經餓了九天，白天不敢輕舉妄動，以免牽動流浪狗的神經，以為她來搶地盤，晚上野豬黃麞出沒，Antje 乑豬當然更不是他們的對手，就這樣，乑豬只能挨餓。過了九天，已經瘦得不似犬形，舉首抬腿都感乏力，十分十分掛念她的兄弟阮 Sir、警犬老爸、警犬學校、自己的犬舍、美味的扒肉……

　　「你有後悔自己一時魯莽，衝動出走嗎？」警犬隊公認的美女犬 Diesel D 素問道。大家知道，Diesel D 素是衝着 Antje 乑豬問的，她要 Antje 乑豬當眾尷尬認錯，美女從來就容不下美女。

　　「不要理她，快說下去，後來怎樣？」有名「衝鋒巴治奧」小巴不耐煩 Diesel D 素的插嘴，心急追問，一方面因為他心急，想知道故事的發展；另一方面呢，他曾經追求過 Diesel D 素不遂，被她奚落，到處數落他「疤面」、「爛面」、「癩蛤蟆想吃天鵝肉」……令 Baggio 小巴覺得難堪，所以也處處跟 Diesel D 素作

對。

「對呀， 你是怎樣逃出狗口的？」Epson 阿爽，犬如其名，爽朗沒耐性，聽故事要情節不要婆媽。

這時候，混種流浪狗忽然出現，橫加施襲，Antje 夭豬哪有能力反抗？

原來，混種流浪狗趁着首領狼狗午睡，躡手躡足走出來，循着氣味找到了躲在石隙縫中的 Antje 夭豬，兩眼射出綠色兇光，齜牙咧嘴，不由分說，就向她猛力噬來，Antje 夭豬身體虛弱，加上石隙縫地方有限，後無退路，閃避不及，前腿首先中噬，還來不及站起自衛還擊，混種狗又張口再撲上來……

「混蛋！你幹什麼？」

一聲大喝，首領大狼狗，不知在什麼時候，出現在對面的巨石上，陽光從他的身後射來，巨大的身影投射在混種狗身上，嚇得混種狗立即鬆牙垂尾，縮退到一旁，全身震慄不止，最後更撲倒地上，反轉身體，露出肚皮，表示最謙卑的臣服。

「汪汪汪，哈哈哈……」羣狗爆出大笑不止，原來，混種狗害怕得撒尿，尿液流得自己下身濕透！

可惜，太遲了，一切都太遲了！他的窩囊廢表現，不能減卻「王者」的憤怒。

「你這混蛋！我要你嚐嚐不聽話的滋味！」大狼狗罵道。

「家法伺候！上！」大狼狗下令。

十多頭流浪狗應聲而上……

「哎！汪汪，Antje 夭豬糟糕了！」聽得緊張處，不知道哪個小朋友大叫起來。

十多頭流浪狗應聲而上，踢起地上泥土沙塵，撲向混種狗，盡情咬噬！發洩獸性！

「噢！汪汪……」大家都聽得緊張萬分，因為都明白那種撕咬扯後皮開肉裂的慘痛！

「哼！眼中還有我嗎？」大狼狗在巨石上嘴角撅起，冷冷的道，他，要保的，當然是自己的「一哥地位」。

在流浪犬的世界裏，不服從首領的後果，從來都是悲慘的！

生死懸一線，Antje 夭豬終於知道此地不宜久留，再留下來的結局，只會是很悲慘，很悲慘的，更何況，她肚子裏還有許多條小生命！

Antje 夭豬忍着傷口痛楚，掙扎站起來，向大狼狗俯首點頭搖尾示謝。

大狼狗輕輕點頭回禮，説：「你走吧！這山頭，

不是你待的地方。」

「聽好，你們，誰也不許對這位小姐無禮！」大狼狗轉頭下令，目送她離開，盡顯王者風度。

Antje 丢豬開始拐步下山，把撕殺酷刑留在身後，混種狗是生是死，不由她來決定，更何況她也自身難保？！

「他們沒可能是『傳說中的鄉村魔犬』吧？」Baggio 小巴心想，爛面衝鋒短尾 Baggio 巴治奧，有一股要找鄉村惡狗較量的衝動。

長路漫漫，太陽下山了，山上一片黝黑，偶爾陣風吹過，樹枝搖曳，樹葉沙沙作響，Antje 丢豬一路上膽顫心驚，一邊小心翼翼跛着腿拐行，憂心忡忡既擔心混種狗追來復仇偷襲；又害怕會碰上兇惡的野豬、莽撞的黃麖等。

她躲躲閃閃，碰碰跌跌地拐步下山，幸好還算有驚無險。

就這樣，Antje 丢豬邊行邊躲邊跌兼滑倒，跌撞了一整晚，直至聽到遠處山下，狗吠猭猭，她知道接近「得救」了。好不容易，直到第二天天亮時，她才到達山腳下，看見村屋了！Antje 丢豬終於鬆了一口氣，畢竟，人間才是她安身安心之所！

　　來到村屋門前，她嗅到屋內有狗狗的氣味，立即叫喚求助：「汪汪，兄弟，請幫忙，拿點吃的給我吧，我餓壞了。」Antje 耷豬聲音柔弱地請求道。

　　「汪汪汪汪，警犬是嗎？平日不是老瞧不起狗嗎？！現在扮有禮貌？呸！汪汪汪汪！」村狗不客氣地大聲拒絕。

　　「汪汪，兄弟，我沒有，瞧不起狗的事我不幹，請幫幫忙。」Antje 耷豬有氣無力地說。

　　「汪汪，兄弟，不要欺負女狗，看，她還懷孕了呢！」其中一頭雌性唐狗說道。

　　「汪汪，好，就看她那麼客氣分上。」說服了牠們，Antje 耷豬正要舒一口氣，卻又聽到他們說：

　　「我們被鎖在狗籠內，鐵閘又上了鎖，怎幫得上忙呢？」

　　「我們的主人出門了，大門鎖上了，我們也有門入不得啊。」

　　「那便請你們大聲吠叫吧，吸引鄰居注意，人們會想辦法的，越大聲越好。」警犬即是警犬，機智、聰明、有頭腦。

　　其實，在那時候，Antje 耷豬餓了這麼多天，根本已經無力叫吠了，更何況她是警犬中的公主，又怎會

因餓而乞吠呢？！

　　不過，村狗兄弟覺得有機會幫助警犬，真是既榮幸又好玩，於是賣力地狂吠，他們的瘋狂吠聲，驚動了隔鄰屋主，以為有賊入村，開門張望，賊影不見，只見一頭陌生犬孤伶伶地呆坐鄰屋閘門前，嗚嗚低叫，好像有事哀求，隔鄰屋主覺得奇怪，立即趨前察看，只見眼前犬，面帶病容，眼露哀求的神情，加上輕搖的求憐尾巴，隔鄰屋主知道她沒有惡意，不會噬人，於是嘗試下令道：「SIT！」

　　Antje 乓豬當然乖乖應聲趴下，更努力搖尾表示親善。隔鄰屋主於是放膽伸手輕輕拉着 Antje 乓豬的頸帶，小心察看她的狗牌：

　　「哎！原來是你！失蹤的警犬！」隔鄰屋主興奮得叫起來，Antje 乓豬失蹤的消息，連日上報上電視，全城皆知。

　　「COME！GO HOME！」說罷，屋主便拉她返回自己家中。

　　「到他家中？難道招呼你吃大餐？」饞嘴的 Epson 阿爽最關心吃的問題。

　　「Bingo！全中，他給我半個電飯煲的狗糧，讓我吃個飽，wow，說真的，我從未吃過這麼美味的狗

糧。」Antje 乂豬嬌哆地説。

「你該看清楚是什麼牌子，好告訴警犬老爸，為我們購買一些。」饞嘴 Epson 阿爽興奮得猛伸舌頭説。

「哈哈哈哈⋯⋯汪汪⋯⋯」

好了，Antje 乂豬回來了，大家鬆了一口氣，最高興的還是阮 Sir，他也可以銷假，回到崗位上了。

只是，「患公主病的警犬」還可以留在警犬隊嗎？

聽警犬老爸説，有一年九月十三日，香港天文台錄得雲對地閃電逾一萬次！那次行雷閃電，令犬界躁動，分別有兩頭警犬趁領犬員開閘飼餵，趁機出走，案發地點分別是上水警署和啟德行動基地。

這是發生在許多年前的事了，當時我 Nona 露娜才剛從荷蘭抵達香港，還是一頭不懂事的幼犬，甚至只懂荷蘭語，不懂廣東話，正在努力學語言，趕快適應，完全不知道人們犬們談論的事，但我記得，每逢打雷季節，警犬老爸都提醒同僚，説要留意犬隻躁動，以防他們做出不尋常的事，例如突然走脱，躲起來，不知去向，甚至暴怒，亂發脾氣，咬人⋯⋯尤其對新領犬員，他會不厭其煩地提醒。

話説那兩頭逃兵，從上水逃走的那一頭在兩星期後自行返回上水警署，直入報案室，親暱地跟上水的

手足打招呼「銷案」；他後來被送警犬訓諫學校再培訓，師兄姐們問他為什麼要逃跑，他說：「覺得鬱悶，出去散散心。」好一頭不羈浪子！十多天後，他發覺外面世界生活不容易，尤其是上水一帶，流浪貓狗惡霸特別多，要不是飽經訓練，練得一身好本領，早已被街頭惡狗撕開！「也算見識過世界，便回來了⋯⋯橫豎平日巡邏行 beat，熟悉那一區街道，認得回去的路，玩膩了，回來歸隊。」說時還聳聳背，伸伸腰，一派玩世不恭，根本是有病⋯⋯王子病！

從啟德行動基地出走的那一隻，在出走當日即遇到漁護署出勤捉捕流浪狗，他跟其他街頭犬一樣被狗索勒頸，強行拖上「捉狗車」，他奮力掙扎，大聲呼喊：「喂，喂，我不是流浪狗呀！」可惜他呼喊時，情形緊張，張牙咧嘴，漁護署捉狗人員當然視作瘋狗發狂，更大力拉緊犬索，把他綁得死死的。他哀哀嗥叫：「我是警犬！我是警犬！」捉狗人員就是聽不懂，他再哀哀嗥叫：「Police Dog！Police Dog！」捉狗人員還是將他和其他雜狗困在籠子裏。車上，他聽到同是淪落天涯的狗說：「被捉去後十四天內沒有人領養，就要被人道毀滅⋯⋯叮，安樂死！」後來「砰」一聲，籠子被打開了，他被拖拽出去時，幸好有人發現他的身

分：「咦，有警犬牌的，是一頭警犬……」「阿 Sir，對不起！對不起！」就這樣，一個掛在頸項圈的白色警犬牌救了他！在他出走當天黃昏，他被漁護署人員送回警犬基地。

「他叫什麼名字？領犬員兄弟是誰？」有人問警犬老爸。

警犬老爸沒有回答，只是，說到這些不肖子孫，警犬老爸總有無限感慨，想是傷心自己盡心盡力，卻未能避免手下出弱兵吧。更何況警犬出走，在警犬隊裏是大件事，是警犬隊醜聞，要被問責的。警官們當然緊張，有關領犬員，必須向上級匯報又要寫報告，跟進手續十分麻煩，警犬未尋回，還會被勒令「休假」。畢竟，每頭警犬從荷蘭購入，要花納稅人三萬多港元，再加上到香港之後的生活費、訓練費、醫藥費等，所費不菲，絕不便宜！在說這些故事時，警犬老爸絕口不提逃兵的名字，我知道，警犬老爸厚道，隱惡揚善，避免引起別人對該兩頭警犬和領犬員的鄙視。

Antje 丟豬出走事情發生後，警犬老爸想盡方法加強培訓，希望警犬出走的事不要再發生，Never！

而且，為免再發生警犬出走的醜事，警犬老爸建

議香港警務處下令所有警署犬欄都加上鐵枝上蓋。

Antje 奀豬懷孕，本來是好消息，可是她曾出走十天，以致謠言滿天飛。有犬懷疑她懷的是野種！尤其是疤面大狼狗對她那麼好……

所以說，做人做犬要檢點，不要行差踏錯，人言犬言可畏啊！

「她懷的一定不是野種！因為在她出走前，已經配種，她逃走時已經身懷六甲。你們不要亂說話。」我 Nona 露娜身為警犬隊大姐，生了十四頭，當然明白警犬老爸為警犬隊配種繁殖的苦心，極力為 Antje 奀豬辯護。

想當年，我 Nona 露娜和警犬大阿哥 Max 麥屎配種，誕下十四頭小犬，五男九女，創下瑪蓮萊犬種在香港的出生紀錄，也沒有像 Antje 奀豬般天下聞名。

說起我心愛的 Max 麥屎，近來，他好像常露疲態，一天比一天消瘦，哪裏是以前那雄糾糾的、威儀懾犬的，令我傾心愛慕的警犬隊一哥 Max ？！

Max 麥屎原本住在我隔鄰犬舍，我們每天晚上，如果不用外勤值班，會一起看星星月亮，一起談天。

這一天，我看見警犬老爸神情凝重的來到 Max 麥屎的犬舍，單腿跪下來抱着他的頭，在他耳邊輕聲地

說：「爸爸答應你，一定盡力給你最好的醫治，你要好起來。」Max 麥屎用他那永遠服從的眼神望着警犬老爸。

如果你知道，Max 麥屎是警犬老爸親自從荷蘭帶來香港，親自教養訓練，是警犬老爸的好助手，一起示範，培訓警犬；也是警犬老爸的好拍檔，一起表演，一起上電視，接受雜誌訪問的話，你便會了解他們之間的父子深情。

警犬老爸轉身，離開 Max 麥屎的犬舍時，我嗅到老爸的眼淚，鹹鹹的味道飄散空中，老爸哭了，為什麼？

轉過頭，警犬老爸帶來了照相機，很有耐性地替 Max 麥屎拍照。他的腎上腺散發出來的氣味告訴我，他內心懷着悲傷和難過，到底為什麼？Max 麥屎出了什麼事？不，不要，我不要 Max 麥屎有事！

我 Nona 露娜知道，犬的生命很短暫，十年，最多十幾年，我們便要跟主人告別，Max 麥屎九歲了，應該退休了，許多警犬在八歲時已經退休，只因 Max 麥屎表現英勇不凡，才會延遲又延遲退下火線，或許，不久之後，我的犬舍也會由別的年輕警犬佔用。

但我捨不得就此離開 Max 麥屎，他聰明、他堅

強、他勇毅，是我們警犬的學習對象，更何況，他是我摯愛的犬啊！

我也捨不得警犬老爸，我敬愛的爸爸啊！他的愛心、他的嚴厲、他的要求，是我們警犬成才的因由啊！

還有，我捨不得我的兄弟陳 Sir 忠仔，我們共同儆惡懲奸，出生入死，我們之間的同生共死的兄弟手足之情，外人怎能明白？

當然還有警犬訓練學校的同窗！犬犬各有個性，一同成長，一起工作，悲歡離合，恩怨情仇，那麼親近，可又那麼疏遠！

這一天，警犬老爸又來了，特別帶 Max 麥屎和我一起到大草地曬太陽，警犬老爸摟着 Max 麥屎，忽然英雄氣短地說：「爸爸一輩子都愛你，不會忘記你。」警犬老爸說着，強忍着淚水，這時候，我知道有大事發生了！

「汪汪，Max 麥屎，你千萬不要有事，你有事我也待不下去！」

「汪汪，Nona 露娜，你比我年輕，還有許多日子，要好好努力。」

「汪，Max 麥屎，你沒聽說過嗎，澳洲有一頭布爹利牧場犬杰里，已經二十七歲了，相當於人類

一百八十九歲，獸醫說他可以活到二十八歲，《健力氏世界紀錄大全》記載，世界最長壽的犬是二十九歲！他的女朋友也二十歲了！」

Max 麥屎沒有說話，深情地望着警犬老爸，他們相偎依，望着遠處的夕陽，慢慢沉下。

Max 麥屎坐的地方，一片濕濡，他又失禁了。

「來，Max，我們送 Nona 回犬舍，再去探探梁醫官。」警犬老爸站起來，拍拍我們。

Antje 乑豬回來後十多天，終於被送去「密室」……我當初生十四頭小犬的空調產房，冬暖夏涼，乾爽舒適，還有音樂讓產婦舒緩壓力。領犬員還會每天去探她，帶來營養餐，陪她散步，帶她做運動，撫摸她，給她搔癢，跟她說話，在待產的這段時間， Antje 乑豬沒發過脾氣，公主病沒發作過。就在二月十八日那天，Antje 乑豬胎動了，整天心緒不寧，沒法安坐，也沒胃口，警犬老爸和阮 Sir 一直在單向玻璃門外觀察着，看着 Antje 乑豬開始肚子陣陣揪痛，大喘着氣，還不忘記挖抓地下，犬性令她急於挖個地洞收藏快要出生的小犬。

那一天，Antje 乑豬花了整整七小時，誕下八頭幼犬，七女一男，Antje 乑豬本能地舐舐每一隻小犬，咬

掉臍帶，吃掉裹着他們的胎盤，讓他們可以自己呼吸，作為母親要做的，她都一一做到了，最後，警犬老爸還讓她親自餵哺小犬，她也安安靜靜地讓小犬啜乳。

「這頭公主警犬，表現還差不多。」警犬老爸心裏想。

由於 Antje 夬豬的出走轟動全城，傳媒對她的事跡十分關心，Antje 夬豬一生完 BB，她那八頭幼犬們的名字立即見報：Velma，Venus，Vijay，Verdi，Veta，Vicky，Viggo，Volley，全部以「V」字起首，十分有趣。

至於，Max 麥屎，自從那次草地看夕陽之後，我已很久沒有見到他了……

後來，我才知道，原來 Max 麥屎患上關節炎，還開始失禁，警犬老爸知道，Max 麥屎在警犬界已經沒多少日子了，所以將他留在梁醫官處，特別看顧他，警犬老爸比平日更加憐惜他，經常來安慰他！

而我 Nona 露娜，跟 Max 麥屎一樣，在警犬隊已經是老大姐老大哥了，已屆退休年紀，同期的還有浪子 Rex 力士，緝匪能手 Tyson 泰臣，搜毒一哥 Hilton 希爾頓，下一站，我們會去哪裏呢？

第四章　又見白臉

「患公主病的警犬」還可以留在警犬隊嗎？

這是大家都關心的問題。

自從 Antje 奀豬生下了小犬，警犬老爸讓她親自餵哺，Antje 奀豬也出奇地恪盡母職，發揮母愛，在原本溫柔嬌嗲之中，又添了幾分成熟，更吸引眾男犬了，只要她出現，男犬們便圍着她團團轉， 惹得許多女犬妒忌不已。

警犬工作停不了，一段時間之後，她被送往警犬學校再培訓，警犬老爸説要狠狠地教育她。

「Antje，你要革除愛撒嬌，亂發脾氣，做事憑一時衝動，不理後果的毛病，不要以為自己是公主，經常耍刁蠻，不能自我控制！永遠要記住，自己是一頭警犬，一個公僕！」開始再培訓課前，警犬老爸把 Antje 奀豬拉到一旁，嚴厲地對她説，「如不改善，我不想再見到你！」

「意思即是不再留你在警犬隊，Out 呀！小心做犬啦，Antje。」她的兄弟阮 Sir 當然不想她被逐出警犬

隊，自己負責調教的警犬被逐出警犬隊，叫他在警界顏面何存？所以加把勁提醒她。

　　道理，誰不明白，只是，江山易改，品性難移呀！更何況，所謂「再培訓」，對我們警犬來說，根本不是一件苦事，那些什麼追球拾球、跳 over、爬通道、擒疑匪、嗅東西……都是好玩的遊戲，我們巴不得天天玩呢！

　　警犬老爸，你這算是懲罰麼？即使沒什麼「再培訓」命令，只要不用當值執勤，我們每天還不是玩這些遊戲麼？

　　警犬老爸，嚴師出高徒呀，我 Nona 露娜寧願你狠狠地懲罰她——不和她玩，不准她玩，不給她最愛吃的，不理她，孤立她，餓她，她才害怕呀，犬和狗，都是最愛親近人類，最愛玩，最怕孤立離羣，最怕寂寞孤單的。

　　「那麼，Nona，你說說看，該怎樣『再培訓』Antje？」警犬老爸好像讀懂我的心，忽然轉過頭來問我意見。

　　「汪！就讓她多聽雷聲，多看閃電影片，行雷閃電時就帶她外出，讓她習慣，不要遷就她！寵壞她！汪！」我說。

「哈，Nona，你好像有意見。」警犬老爸撫摸着我的頸側説，「走，我們看 Epson 去。」

「咦，咳，乞嗤，不好玩的！」Epson 阿爽做完了奧運馬術反恐怖襲擊搜爆工作後，被派去跟老前輩 Hilton 希爾頓學習搜查毒品的工作，我這個十三少 Epson 阿爽，天性愛玩，喜搜爆，愛嗅火藥味，但最怕辣椒粉末，今天，他奉命和好朋友「衝鋒巴治奧」—— Baggio 小巴，去跟搜毒一哥 Hilton 希爾頓學習搜查毒品。

Hilton 希爾頓是警犬隊的「搜毒第一犬」，辨認毒品的能力，他認了第二，沒有犬敢認第一，因為，他本身就是一頭「毒犬」，自小便混在毒品中長大！

Hilton 希爾頓，拉布拉多犬，自小生活在毒窟中，守護毒品和他的毒販主人，每天接觸毒品拆家和吸毒者， 所以他的味道記憶庫裏，牢牢地記住各式毒品的氣味，對毒品的認識，絕不下於警官們；至於嗅索毒品，快速準確，我敢説，警犬隊中，沒有誰可以代替他的地位。當年，警方雷霆掃毒，毒販逃亡，留下自己的狗不理，被送到漁護署準備人道毀滅，警犬老爸就是發現他的「特異功能」， 憐惜他的遭遇，特別申請領養，將他從死神的手中救出來，收歸警犬隊，給

他一個家，只是，警犬老爸想不到的是，他在隊中備受孤立、鄙視，就是因為這可憐的毒梟狗身世。

　　你還記得嗎？年前他在一次卡拉OK搜毒行動中巧遇他的毒梟舊主人，捉人？放人？他遲疑，他掙扎，在情與義中，他左右為難＊。

　　在訓練室，警犬隊中「搜毒第一犬」Hilton希爾頓指導後輩們嗅聞放在長桌上的小丸和粉末，然後對後輩們說：「這些就是害人不淺的毒品，你們要記住這些氣味。」又說，「來，前面盒子裏，有一個放了毒品，你們嘗試嗅索出來。」

　　正當阿爽鼻翼翕動，向第一個盒子用力一索，卻立即被散放盒中的古月粉，即胡椒粉，刺激得打噴嚏又咳嗽的，他知道今次不是搜炸藥炸彈等爆炸品，便掉以輕心，犯了搜索大忌──發出聲音。

　　「Epson，任何時候，我們都不能掉以輕心，如果毒品中藏爆炸品呢？如果你不能忍受各種味道的刺激，頻打噴嚏遇到聲控真炸彈，豈不小命不保？還連累自己兄弟？」Hilton希爾頓叔叔諄諄教誨。

　　「我，我忍不住，鼻子痕癢！」Epson阿爽這頭千

　　＊有關Hilton希爾頓的故事，請看《特警部隊1‧走進人間道》。

禧犬，比人類九十後更愛辯駁。

Epson 阿爽抬眼望望自己的兄弟球 Sir，只見他緊抿嘴唇，目光嚴厲，他才驚覺自己做錯了事，立即又使出他的看家本領，salute 敬禮，道歉賠罪，阮 Sir 也為之氣結，暗罵道：「臭小子！」

就在這時候，警犬老爸接到警察總部通知：廉政公署報案說他們的熱線接到匿名電話，報稱已在分區辦事處放置炸彈，兩小時內引爆！

「哪個分區？」警隊大為緊張，一方面通知分署職員按照保安程序去徹底搜查了解情況，一方面調動警員和警犬去全港七間廉政公署分區辦事處調查搜索，由於事態危急，犬隻不夠，每分區處只能派一頭警犬前往。

正在接受搜毒培訓的 Epson 阿爽被立即中止訓練，跟球 Sir 一起奉命直趨廉政公署荃灣分處，「搜爆一哥」Jeffrey 大飛和 Baggio 小巴則被派到其他分署。

甫下警犬車，Epson 阿爽便看見重案組兄弟，還有同爆炸品檢查儀器車，消防車也同時到達。

重案組兄弟立即用警方藍白封條封鎖現場數百米範圍，消防員則忙於開喉戒備，並疏散附近商戶及樓上住客。

原來，「炸彈」，就埋在荃灣分處！

「Bingo！中獎了！」Epson 阿爽興奮得在心裏歡呼道。

他不敢怠慢，立即展開工作，先嗅門前範圍，沒有發現，再帶兄弟球 Sir，一人一犬進屋內嗅索，每一間房，每一個角落，都不放過。

「可能是詐彈吧！」Epson 阿爽沒有發現什麼爆炸品氣味，不禁在心裏想道。

只是，Epson 阿爽的判斷下得太早了，當他和球 Sir 巡查到後巷……

後巷，一個消防栓上，赫然掛着一個黑色膠袋！

Epson 阿爽小心翼翼，上前嗅索，唔！沒有任何爆炸品的氣味！塑膠袋中，只是一些，一些臭不可當的臭東西！ Epson 阿爽的記憶庫裏，早已有用強烈氣味如胡椒粉、花椒八角，甚至麻辣鳳爪混和，用榴槤掩蓋着爆炸品氣味的記憶，所以他也不敢掉以輕心，強忍惡臭，小心嗅索，他要確認膠袋裏沒有爆炸品，只有骯髒物。

忽然，Epson 阿爽表現得有點興奮，站在遠處的阮 Sir 察覺到他的興奮表現，以為他發現了炸彈，立即大為緊張，甚至手心冒汗……

原來，在這時候，有一隻老鼠忽然從坑渠邊冒出頭來，向 Epson 阿爽叫道：

「吱吱，喂，警犬 Nona 大姐，好久不見了，越來越年輕唄！」

聽到「吱吱」的聲音，四周的警員立即伏下，因為他們腦海中都同時出現兩個大字：「聲控！」估計疑犯就是要用老鼠叫聲引爆炸彈。

Epson 阿爽本來應該向坑渠老鼠解釋自己不是 Nona 露娜大姐，又想向這地頭蟲探問「放炸彈人」的線索，但此刻，他正在執行搜爆工作，「禁聲」是絕對要遵守的規條，出色的搜爆犬當然嚴守規條。

坑渠老鼠見得不到反應，發怒了，大罵道：「吱吱，呸！威風了！瞧不起人了！不理睬人了！以後有事別找我！」接着「嗖」的一聲竄進渠裏，Epson 阿爽只得望着黑黝一片的渠，心中興起一種錯失套取資料良機的可惜，夾雜一點被誤會的無奈。

無端被誤認、誤會，百辭莫辯的遭遇，你們有試過嗎？

Epson 阿爽沒有發出「發現爆炸品」的示警，老鼠叫聲也沒有引爆炸彈，但警方還是審慎至上，安排拆彈機械人去引爆可疑物品，當然囉，昨天深圳才發生

「爆燒乳鴿」的驚人事故哩！

什麼「爆燒乳鴿」？當然不是你們愛吃的「紅燒乳鴿」或是「炸乳鴿」，而是有人故意將炸彈綁在一隻鴿子身上，讓牠飛往目標地「信息樞紐大廈」——深圳著名的電子科技中心，就在牠飛近目標地之前一刻，在穿過樹梢時，「轟」一聲，炸彈爆開了，可憐飛鴿，化作肉骨茶，千片碎毛碎肉碎骨，在樹叢中散開，有些還掛在樹枝上、樹葉上、樹椏縫中……鴿子無辜，狂人作孽！

「炸彈狂徒」到處出沒作案，現在香港各關口，通行無阻，難保沒有「另類文化交流」？

瘋狂世界，狂人處處，警方當然要小心，讓機械人代勞，當然強於白送性命。

看，拆彈機械人「轆」着前去引爆可疑物品了！赫，只見它笨手笨腳地扯爛了膠袋，膠袋一破，袋內污物「嘩」的一聲，奪袋而出，灑遍那拆彈機械人全身，登時臭氣沖天，站得遠處的搜爆犬 Epson 阿爽明顯地看見拆彈機械人全身晃了兩下，Epson 阿爽不禁咧嘴偷笑了……那些糞便，鑽進機件大小縫隙，是無論怎樣清洗，也難以徹底除臭的……

那邊廂，警察總部忙於追查手機訊息，找尋線

索，不過由手機打出的匿名電話，一般可從手機網絡去追蹤；但從固網電話打出的，若無事先在機樓設置儀器監察，則是難以追蹤的。這案件，警方雖然從多方調查，卻毫無頭緒，破解無門。

其實，令 Epson 阿爽興奮的是：膠袋上帶着的人的氣味，是他似曾相識的！

人們想不到的是，警犬 Epson 阿爽，除了成功地辨別那黑色膠袋裏的不是爆炸品之外，已經掌握了一些氣味，還發覺那氣味似曾相識，只要再碰見「他」，Epson 阿爽自信，一定能把他揪出來。

這一天，我 Nona 露娜和 Epson 阿爽被派去旺角巡邏。油尖旺一帶，是罪惡黑點，警方不敢掉以輕心，行 beat 也要夥拍，盡量不單人行事，尤其是這一區，龍蛇混雜，是罪惡黑點，近日更頻頻發生狂魔擲腐蝕性液體的案件。

我和 Epson 阿爽開玩笑：「狂魔不會在今天再製造恐怖襲擊，慶祝我倆母子一起行 beat 吧！」

説話未完，我和 Epson 阿爽即不約而同仰頭嗅索，一股不比尋常的強烈氣味正在內街空中急速向下飄降……

當時我們正巡邏到奶路臣街街口，奶路臣街是著

名行人專用區購物街，攤檔林立，俗稱「女人街」，當時街內遊人如鯽，男女老幼皆有……

說時遲那時快，只聽到「砰」的一聲，硬物着地，接着白煙冒出，慘叫聲此起彼落：

「哇！救命呀！」

「哎呀！我的後頸好痛呀！」

「嗚嗚！我雙眼中招呀！」

只見街中眾人爭相走避，受傷者呼天搶地，有些更痛極倒地，一片混亂……

「我會毀容麼？」一個「中彈」少女，一邊哭一邊掩着臉叫道。

「喂喂，好心去拿水來呀，替我洗傷口呀……」

好心的沒受傷的路人紛紛走進店舖要水……

傷者之中，更有四歲的外地遊客小妹妹……

陳 Sir 小忠急忙向上級匯報，球 Sir 急忙電召救護車……

我 Nona 露娜和 Epson 阿爽緊貼着領犬員左腿側站立……

此時此刻，要先協助救人還是去追蹤兇徒？通渠液氣味那麼強烈，我們能否從那膠瓶子上發現疑兇的氣味？

　　混亂中，我 Nona 露娜突然瞥見一個穿着格子恤衫牛仔褲的白臉男子從事故現場一所大廈走出來，當時四周人們都很慌張，只有他神情鎮定，對事故現場不望一眼，悠悠然地走過對面馬路，似乎要離開，我和 Epson 阿爽不約而同地叫吠示意，可惜現場實在太嘈吵太混亂了，幾十人同時受傷，陳 Sir 和球 Sir 忙於協助救人，並未留意到我們的反應。

　　「就是他，阿爽，我們去年一起在銅鑼灣巡邏搜爆＊時遇上過他，他就是那個圍觀地鐵站『拆彈』人羣中的白臉人！」

　　「就是他，Nona 媽媽，荃灣廉署糞彈也是他的傑作！」Epson 阿爽説。

　　我們看到，他過了對面馬路之後，在一處樓梯間，在自己的腰間除下一個腰包，交給一個穿着校服的學生，學生迅速地將腰包繫在腰間，摟着同行的校服少女離開了……白臉人回頭看看一片混亂的女人街，嘴角掀動，冷冷地笑了……

＊有關銅鑼灣地鐵站炸彈驚魂，請看《特警部隊 3．搜爆三犬子》。

第五章　下一站，銅鑼灣

生活，總在忙忙碌碌中度過……

時間，也總在匆匆忙忙中溜走……

距離旺角擲鏹狂魔事件，不覺又一個月，要在這無護衛、無閘門、無閉路電視的「三無」舊區大廈查案，真是一件十分十分困難的事。就是囉，什麼資料都沒有，只靠那從天而降還要摔個稀爛的膠瓶，真箇考起神探呀。

有護衛又如何？賊人可以趁他去洗手間或外出吃飯時潛入大廈裏呀！

有閘門又如何？不是有許多舊區大廈的閘門被人拆掉偷走麼？

有閉路電視又如何？日久失修，閉路電視也失靈呢！

幸好，還有我們這些不會失職、被偷走、欠維修的犬鼻子！

這一天，我 Nona 露娜和 Epson 阿爽又接到命令：「這一站，銅鑼灣」。

Wow，母子倆又再可以一起行 beat，我們開心得整天咧嘴笑，我想，是警犬老爸看我退休在即，給我的厚待吧。

不過，銅鑼灣，對我們警犬來說，倒不是很吸引犬的地方，人們愛往那兒擠，因為那兒是香港著名的購物區，人多車多，街上日夜熙來攘往，川流不息，一派熱鬧繁華景象；但是，我們警犬走在這樣擁擠的街上，在人們大腿間左穿右避，要千萬小心別碰撞到大人小孩，否則引起斥罵或投訴，便大事不妙了。如果遇到畏犬症人士，麻煩更多到不堪提。最苦的是那兒屏風樓多，空氣甚不流通，煙灰缸垃圾桶尤其多，吸剩的煙頭，躺在上面，燃燒，燃燒，不停燃燒，散發難聞的臭味，嗆得犬鼻子發癢，渾身不舒服！肉體受苦之外，還要內心掙扎，抗拒那些小店誘人的香噴噴小食氣味，尤其在炎炎夏日，更是苦不堪言！

為了工作，我們能抗議嗎？

看見兄弟，為了儆惡懲奸、維持治安，忍辱負重，我們好意思怠工嗎？

甫下警車，「乞嗤！」Epson 阿爽那小子，便歪着頭打了個噴嚏，我也正在強忍着鼻子發癢。

銅鑼灣是個味濃特區，美食店多不勝數，售賣那

些像圓珠彈的魚蛋、像大炮彈的茶葉蛋，像導彈的大紅腸，像魚雷的胖嘟嘟黑心腸，像機關槍排彈的小香腸串，還有插在紙杯中像高射炮的薯條，各種味道混雜散發，吸引人們的味蕾，誘惑他們站在街上吃炮吃彈，你說，對嗅覺特別靈敏的我們來說，是不是大誘惑？事實上，複雜的氣味，實在大大增加了我們工作的困難。

「汪，喂，兄弟，黑心腸好味道呀！」Epson 阿爽饞嘴，難以抗拒誘惑，伸長舌頭，口水長流。

對銅鑼灣的氣味，惡臭逐犬的要忍，香氣誘犬的也得忍。

我和阿爽貼在陳 Sir 和球 Sir 左腿，在銅鑼灣巡邏，走到崇光百貨公司的後面，忽然，在咖喱魚蛋、五香牛雜、香炸薯條和惡臭煙味中，我們同時嗅到空氣中一條特別的氣味之路⋯⋯

「Epson，又是腐蝕性液體！」

如果不是犬鼻靈敏，是不能發現的！

你看，路上行人根本就不察覺大禍將臨！

我們高高昂起頭來，努力地追嗅，扯着犬索前進。

陳 Sir 和球 Sir 意會到我們有所發現，牽着犬索，緊緊地跟隨我們的步伐。

太遲了，就在這時候，我們嗅到腐蝕彈的氣味由上狂瀉向下……當時路上人頭湧湧，這樣，肯定有許多人要中彈！

沒時間了，說時遲那時快，我 Nona 露娜和 Epson 阿爽本能地，不約而同地領着兄弟轉頭拐彎，斜斜撲向行人路有蓋的地方……

「砰！」一聲響，一個盛着鏹水的膠瓶從高空墮下地來，破碎開，液體彈激射開來，濺得四處都是，行人專用區中間，馬路上行人紛紛中招……

陳 Sir 和球 Sir 正要停步救人，我 Nona 露娜發覺疑犯的氣味突然變得明顯，混和着濃烈的腐蝕性液體氣味，就在面前的梯間即可聞到。

「Epson，這邊走。」我叫道。

我 Nona 露娜和 Epson 阿爽拚命扯着陳 Sir 和球 Sir，把他們領向一道亮了燈的樓梯間。

疑犯，分明就是由這梯間上去的……

陳 Sir 和球 Sir 知道我們有發現，立即解開犬索，讓我們放足狂奔，同時，他們一邊跟着我們跑樓梯，一邊不忘通知總部和急召救護車……

疑犯氣味在梯間一直蔓延，二犬二人十二條腿一口氣直上六層樓，舊樓木樓梯被我們踩得嘎嘎作響，

三樓以上梯間燈光轉為黝暗，環境變得詭異陰森，我
Nona 露娜和 Epson 阿爽本能地提高警惕，稍稍放慢腳
步，陳 Sir 和球 Sir 跑得氣喘吁吁，手按在槍把子上，
準備隨時應變⋯⋯

　　奇怪，從三樓以上，只有疑犯氣味，鏹水氣味卻
減弱了⋯⋯

　　跑到六樓，發覺是天台，人蹤沓然，魔影不見，

那癲狂疑兇，哪裏去了呢？

我 Nona 露娜和 Epson 阿爽在天台上嗅索，一路追蹤疑犯氣味之路，這狡猾的傢伙，竟然從另外一邊樓梯逃走了！我們追蹤着氣味，又回到大街上，重回那氣味雜錦鍋。

「救命啊！」

「為什麼救護車還不來？」

「好痛呀……嗚嗚……」一個小朋友哭道。

我 Nona 露娜知道，不捉拿疑兇，保證禍根不斷，大家只會天天提心吊膽鏹水淋頭！

我 Nona 露娜和 Epson 阿爽專心致志地嗅索，終於在原先梯間發現一個 S 皮革店的黑色紙袋，鏹水味濃烈，懷疑就是兇徒用來放鏹水的紙袋。

我不可以告訴你們那所 S 皮革店的真店名，否則，好奇的你們一定會走到 SK 百貨公司後街找尋，甚至擠爆那棟樓宇的樓梯！

兇徒呢？茫茫人海，只怕大海撈針，要找到兇徒，恐怕機會渺茫吧。

這一刻，我們的工作也告一段落，以後的，交由銅鑼灣區重案組接手。

重案組兄弟忙着翻看附近店舖的閉路電視，發現

在空降腐蝕彈的前後時間，路上有好幾個手攜皮革店黑色紙袋的人，有男人也有女人。

當中，我們赫然見到白臉青年！

「汪汪。」 我 Nona 露娜緊張得叫起來。

所有人都轉過頭來瞪着我。

「汪汪！是他！」我 Nona 露娜再表示自己的意見。

CID 探長皺了一下眉頭，又瞪了陳 Sir 一眼，回過頭來吩咐伙記說：「就從這幾個攜着黑色紙袋的入手。」

CID 探長分明怪責我和陳 Sir，怪我多嘴亂吠，怪陳 Sir 管不好自己的警犬，如果他明白我的示警，便知道誰是真兇了！

唉，CID 探長不了解警犬的神通，但是，陳 Sir 又為什麼不說一句話？對，香港這社會，多做多錯，少做少錯！

他們既不接受我的意見，他們又如何破案呢？

「怎樣才能查出『疑犯』的行蹤呢？」一個探員問。

CID 探長皺了一下眉頭，又瞪了這分明是「新丁」的探員一眼，也不回答他的問題。

「去地鐵站辦事處翻看閉路電視錄影，找出攜着S皮革店黑色紙袋的吻合者。」

「Yes Sir！」重案組兄弟應命。

Wow，CID探長果然有領導者雄風！我Nona露娜佩服得五體投地。

可是，去地鐵站看閉路電視，就真的可以揪到疑兇？疑兇不可以乘坐其他交通工具麼？只可以把S皮革店黑色紙袋丟掉嗎？

好，即使他真的乘搭地鐵，讓你在閉路電視中看到「他」，你就能找到「他」嗎？茫茫人海，香港有七百萬人耶！

我Nona露娜不禁牽動嘴角，心中暗笑了。

出乎意料的是，要揪出疑兇，重案組有一招，是我們警犬和讀者的你們猜不出來的，如果知道，又一定會被嚇一跳的——就是，大家手上的那一張八達通！

重案組兄弟在閉路電視找到幾個攜帶S皮革店黑色紙袋的吻合者，然後，再翻查銅鑼灣站八達通出入閘紀錄，配對一下，終於鎖定幾個可疑人物。

跟蹤行動展開了。

這一天，我Nona露娜和陳Sir放假，陳Sir帶我四處逛，還特地駕車去筲箕灣，説要買海鮮。就在耀

東邨附近，我又嗅到白臉人的氣味，你說我會怎樣做？我當然是扯着陳 Sir 循着氣味之路一直走，走上耀東邨平台。

平台上，老遠便看到一對「情侶」坐着，男的扮悠閒地曬太陽看雜誌，女的看似是他的情人，在織毛衣。我 Nona 露娜一眼便認出他們是自己人。

路人甲乙丙經過，都向「情侶」投以奇怪的眼光：

「喂，來了陌生人。」一個老伯說。 Wow，阿伯，你真醒目，年輕時是特務麼？

「看，那男女，看雜誌，織毛衣，哼！雙失青年？不要來分薄救濟金。」一個大叔說。哈，大叔，你又不努力工作掙錢去，跑來逛平台？

「哼！分明扮情人，兩對眼到處望，兩條心都搭不上的，一定沒好結果！」大嬸目光如炬，騙她不得。

「他們是什麼人？戴着耳機的？」一個小孩問。糟糕！連小孩子也看到 CID 兄弟的怪相。

「他們是警察，專捉不聽話的小孩子！」小孩的媽媽答道。 天！CID 兄弟身分暴露了！

那時，陳 Sir 忠仔穿着便裝，我 Nona 露娜除去犬牌，閒人閒犬一對。

但我 Nona 露娜擔心，他們再這樣胡說下去，只怕

疑兇收到風聲，逃之夭夭了！

據說，兩個看雜誌，織毛衣的「情侶」，已經在耀東邨平台出現了好多天，成為筲箕灣耀東邨平台的景點，好奇的公公婆婆阿伯阿姨大叔大嬸沒放過監視他們。

目標人物一直沒有現身。

「情侶」看了十三天雜誌，編織了十三天毛衣。

終於，在十三天後，「他」現身了！

「情侶」立即用無線電通知重案組行動！警犬也奉命戒備，我 Nona，多口的露娜，榮幸地被點名參與行動。

重案組全部是便裝的 CID，如果疑兇在屋邨生活，能夠留意四周人與物，他一定看見許多陌生的面孔，可惜他或者是自閉男，對外界沒興趣；又或者他作賊心虛，心理不平衡，老是把鴨舌帽拉得低低的，低頭疾步，看不到耀東邨的微妙變化。

「兄弟，上！」為了防止打草驚蛇，CID 兄弟們待疑犯進入耀富樓電梯之後，一擁而入，跑樓梯追賊。

奪梯狂奔，要追電梯，人腳要比電梯快，才能在電梯門打開時靜伏樓梯間，避免打草驚蛇，讓疑兇逃脫。

我 Nona 露娜四條腿，又怎會比兩條腿跑得慢？

電梯停在二十八樓，疑兇步出電梯了，向前走，停在某單位門前，拿出鑰匙，就在他要開門的一刻——CID 兄弟一擁而上，我在場戒備。

疑犯拔足要跑，我一個撲身，咬住他的手臂一扯，把他整個人拽倒地上。

「咔嚓」一聲，疑犯來不及反應，已經束手就擒。

將疑兇逮着，命令他帶我們進入單位內，單位小客廳角落，坐着一個白髮佝僂、骨瘦如柴的老人家，目光迷茫，神情呆滯。

「這位是誰？」

「……」疑兇不作聲。

「是你的爺爺？」

「……」

「是你的公公？」

「爸……爸……」疑兇口齒不清地說，他是口吃，還是不好意思？

老人家看來八十有多，疑兇三十不到，這代溝可以怎樣填上？

這是怎樣的家庭？

「你媽媽呢？」

「早……早就……走……走了……」

單親家庭，沒媽媽看顧下長大，和痴呆的老爸爸沒話講，怪不得長得那麼蒼白，性格怪異，行為那麼不正常，對這擲鏹狂魔，我忽然興起了一點憐憫和同情了。

憐憫和同情，可以減輕他的罪孽麼？

在單位內，兄弟搜到多瓶鏹水和一張生活用品店的票據！

在屋邨商場的生活用品店，CID 兄弟看到跟銅鑼灣案發現場「兇器」牌子相同的通渠劑，每瓶售價才十二元九角，大量入貨，也不需要很多錢。

疑犯雙手，被反到背後，扣上手扣，露出手背上許多刀痕，舊的、新的、增生的，訴說着許多故事。

當大夥要收隊時，我忽然嗅到強烈的腐蝕性液體後的另一種可怕的氣味，就在痴呆老伯的椅子下！我走到老伯的椅旁蹲坐下來，陳 Sir 走前扶起老伯，這時，疑犯顯得十分緊張，叫道：

「不……不要……騷……擾……擾他……」

誰想得到在痴呆老伯的坐椅下面，用膠紙牢牢貼着的，是一公斤 K 仔！

他除了是擲鏹水狂徒外，也是毒品拆家！

真可恨！他還差點騙到我 Nona 露娜的憐憫和同情！

第二天，他被帶到銅鑼灣SK百貨公司後街案發現案，重演案件。當時，他穿着紫藍色有帽爽棉外套，藍色牛仔褲，白色球鞋，手上戴了許多條手繩，用來遮掩自殘的疤痕，頭部被罩上疑犯膠套，他垂頭握拳，表現得十分緊張。

銅鑼灣SK百貨公司後街，他帶重案組兄弟走上一棟舊樓樓梯，要重組案件就在二至三梯間，他拿出腐蝕性液體通渠水，在梯間通風槽間把拿着通渠水的右手伸出縫隙，作勢要扔下通渠水……

明白了，怪不得在三樓之後，腐蝕性液體的味道便消失了……

「為什麼要這樣做？」探長問。

「我……我失戀了，愛……愛人不要我……」

汪，像……像……你這……樣子，叫誰……誰……看……得上你呀？口齒不清白臉男。

「很傷心呀？便要害人呀？」看慣怪人的探長，也忍不住要揶揄他兩句。

「去……去買……衣服……發……發洩，又被人……看……看不起……罵……」

「為什麼要罵你？」

「要⋯⋯要他減價又不⋯⋯不肯，氣⋯⋯氣無從⋯⋯發洩，控⋯⋯控制不⋯⋯不了自⋯⋯自己！」

他說除了銅鑼灣外，旺角腐蝕彈案件也是他幹的。

「汪！唉！天呀！這些可憐又可恨的萬物之靈，真的豬狗不如！」 我 Nona 露娜不禁大叫起來。

「汪汪，還有荃灣廉署的臭糞彈，也是他幹的好事！」

「喂，陳 Sir，今天 Nona 有點反常耶！」探長說。

「不，她好像在告訴我一些事。」始終兄弟陳 Sir 明白我。

銅鑼灣和旺角腐蝕彈案破案了，還有油麻地案呢？

銅鑼灣旺角油麻地等旺區，每天仍處於高危下，不知哪一天，又有精神病患，心理失常的人，遇着小小失意，又玩投彈⋯⋯

銅鑼灣腐蝕彈案還有餘波，警察投訴科接到匿名信投訴：

警務處長：

在銅鑼灣鏹水案中，有兩個警察只顧着和兩條狗

玩捉迷藏，當市民被淋鏹水時，竟然匿藏樓梯間！

詳情請看下圖：

警犬老爸知道事情始末，當接到警察投訴科轉來
的匿名投訴信件時，差點笑出眼淚來。

有膽投訴指控，為什麼沒膽站出來呢？！

第六章　夜探鬼屋

　　話說 Epson 阿爽和我 Nona 露娜完成銅鑼灣巡邏任務後，回到警犬學堂，繼續跟老前輩「搜毒第一犬」拉布拉多犬 Hilton 希爾頓學習搜查毒品的本領，還和好朋友 Baggio 衝鋒巴治奧，諢號小巴一起上課，他可高興得不得了。

　　毒品，跟爆炸品一樣，是生物殺手，尤其是人類，從古到今，已經有不計其數的人，死於毒品魔爪！

　　人類雖然是萬物之靈，心靈卻十分脆弱，受不起誘惑，經不起壓迫，頂不住威嚇，而且仇恨心重，報復心強，利用毒品和爆炸品犯罪，屢禁不絕。

　　Hilton 希爾頓是警犬隊的「搜毒第一犬」，心理質素又高，　由他來教小犬們緝毒本領，真非作他犬選，雖然學堂中有些弟兄犬眼看犬低，執着他是一頭「毒犬」，出身不良，但正因他出自毒梟家庭，自小便混在毒品中長大，每天接觸毒品拆家和吸毒者，所以他的味道記憶庫裏，記住的各式毒品，什麼丸仔粉仔氣味，比任何犬都多，嗅索毒品，快速準確，Epson 阿爽

和 Baggio 小巴能夠跟他學習，實在是難得的機會。

我們犬類，恩怨分明，受人恩惠，銘記於心，警犬老爸當年把 Hilton 希爾頓從死神的手中救出來，免他隨其他流浪狗般遭人道毀滅，還將他收歸警犬隊，給他一個家，他感恩圖報，一定會盡心盡力教好警犬老爸的徒孫，不負恩人警犬老爸所託。

回到訓練室中，「搜毒第一犬」Hilton 希爾頓即公開數出 Epson 阿爽的「臭史」：

「汪，Epson，上次上課，你嗅聞可疑物品，又打噴嚏又咳嗽的，犯了搜索大忌，你實在錯！錯！錯！大錯特錯！」

當眾揶揄，使後輩當眾丟臉，全不顧後輩的自尊心，說話語氣重，用字不客氣，發音時口沫四噴，是老前輩的教學方法，幸好 Epson 阿爽情緒智商高，不但不計較，反而使出他的看家本領，salute 敬禮，連聲「Sorry 囉！」道歉賠罪！Hilton 希爾頓也沒他奈何。

「汪汪，嘻，我也趁機抹抹 Hilton 伯伯噴在我臉上的口水。」Epson 阿爽跟 Baggio 小巴說。

長條椅上放了許多小丸子，圓形、方形、棱形，各種形狀都有，還有白色、灰色、粉紅色、藍色、綠色等等多種顏色，好像彩虹般漂亮，而且透出淡淡的

甜味，兩頭小犬立即呈現興奮狀態，「糖果，好像很好吃。」饞嘴的 Epson 阿爽對 Baggio 小巴説，上次在銅鑼灣執勤，小食的美味已誘得他犬舌發癢，眼前「糖果」正好解饞。

「我選綠色，我喜歡綠色。」Baggio 小巴説，吞着口水。

「我覺得粉紅色好看，我要粉紅色。」Epson 阿爽説，嘴巴裏的唾液快要流出來了。

Hilton 希爾頓看在眼裏，大喝道：「你兩小子聽好，這是搖頭丸，別看它們漂亮，是害死許多人的毒品，你們要是吃了，就變成吸毒狗，終日搖頭搖腦，迷迷糊糊，渾渾噩噩，不知自己做什麼！」

「這麼厲害？！」兩犬子伸舌縮頸，覺得大開犬眼界。

「嗅好了，把氣味好好記住！」Hilton 希爾頓諄諄教誨。

「Epson，SEARCH ！」球 Sir 下令。

「Baggio，SEARCH ！」Happy 洪 Sir 下令。

方形盒子一字排開，Epson 阿爽和 Baggio 小巴要找到藏有搖頭丸的盒子。

「喂，小子，搜毒品，不是找糖果！」Hilton 希爾

85

頓一派老師口吻。

「哼，搜毒罷了，又不是搜爆炸品，有多危險？汪！」在旁觀課的「搜爆一哥」史賓格犬 Jeffrey 大飛不屑地説，有心擾亂 Epson 阿爽和 Baggio 小巴的專注。

「SHUT UP！Jeffrey！」

被領犬員 Madam 周當眾喝斥，Jeffrey 大飛覺得沒臉，對 Epson 阿爽和 Baggio 小巴的憎惡心又起了。

分辨毒品氣味，跟分辨炸藥一樣複雜，什麼火藥、手榴彈、子彈、液體炸彈、C-4 塑膠彈、TNT 彈……都是爆炸品，但成分各不同，形狀、氣味也不一樣。毒品呢，種類繁多，單就搖頭丸，已經可以添加冰毒、麻黃素、氯胺酮、咖啡因，使它們混合，提高毒性，做出不同檔次和品種的毒品。

Epson 阿爽和 Baggio 小巴克服了甜味的引誘，小心辨認，把 Hilton 希爾頓教導的毒品氣味儲入記憶庫中。

「走，探鬼屋去！」

一天晚上，球 Sir 和 Happy 洪 Sir 來到犬舍，熟睡中的 Epson 阿爽和 Baggio 小巴馬上精神抖擻，「哇，汪汪！好玩的！」

「汪汪，為什麼我沒得去？」Jeffrey 大飛叫道。

　　Happy 洪 Sir 轉過頭去對他說：「Jeffrey，QUIET！」

　　「是嘛，飛哥，睡你的覺吧！汪汪！」Baggio 小巴故意氣他，得意洋洋地說。

　　「再見飛哥，我們要到樂園找鬼去。汪汪！」Epson 阿爽興奮地說。

　　「再見飛哥，我們也可能要到主題樂園，哈，那裏猛鬼街，你沒去過吧？來，阿爽，我們嗅鬼去。汪汪！」Baggio 小巴又再故意逗他。

　　「汪汪，周姊妹，周姊妹，你為什麼還不出現？」我們已經走得老遠，還聽到 Jeffrey 大飛叫鬧。

　　「汪汪汪汪……」

　　「汪汪汪汪……」

　　「汪汪汪汪……」

　　全間訓練學校的犬舍，犬吠聲齊起，唉，所謂一犬吠影，百犬吠聲，果然所言不虛。

　　「Jeffrey，QUIET！別吵着我們睡覺！」我 Nona 露娜終於按捺不住，出言喝止。

　　說真的，犬類天性貪玩，知道有好玩，一定不想放過，無論為犬奸狡的、正直的，沉靜的、活潑的，男的、女的……

Epson 阿爽和 Baggio 小巴一心以為球 Sir 和 Happy 洪 Sir 要帶他們去主題樂園，這也難怪，現在是萬聖節月，西方的鬼節，這些樂園都辦 Halloween 鬼怪派對。

黑夜飛馳，警犬車內，沒人説一句話，氣氛凝重，Epson 阿爽和 Baggio 小巴隱隱感到事態嚴重，也不敢輕哼一聲。

半路上，警車車頭燈熄了，摸黑前進，唯一原因，當然是不想被發現。

幸好天上一輪明月，月色皎潔，照射在柏油路邊的白色石塊上，石塊反射白光，可顯示方向。駕車伙記便依靠這些反光，小心前進。四周沒有燈，沒有人，車內沒有聲響，氣氛緊張。

終於，警車停下來了。球 Sir 和 Happy 洪 Sir 以最低聲線命令他們下車：

「Epson，KEEP QUIET！DOWN！」

「Baggio，KEEP QUIET！DOWN！」

今天晚上真奇怪，只弟們連開車門關車門也輕力無聲，像怕驚動什麼似的。

這一處地方，黝暗荒涼寂靜，當然看不見主題樂園的標誌，也看不到音樂噴泉和古堡，只聽傳來山野中不知名野獸的叫聲，混和着野狗的吠聲。

月色下，只見廢屋一棟，廢屋旁垂柳一棵，隨着晚風搖擺，廢屋的窗全被封起，透出弱得像沒有的燈光，使人不得不相信，這簡直就是一間鬼屋！魑魅魍魎就在鬼屋裏！

警犬不怕壞人，至於鬼怪……Epson阿爽和Baggio小巴不禁暗暗打了個寒顫，全身犬毛不由豎起來。

四周不見人影。屋前空地，停泊了幾輛跑車和電單車。

同時到達的警察兄弟無聲無息地下車，以迅雷不及掩耳的速度向鬼屋掩進，球Sir和Happy洪Sir再一次神情蕭穆地在Epson阿爽和Baggio小巴耳邊輕聲吩咐道：

「Keep Quiet！」

「Don't bark。」

Epson阿爽和Baggio小巴知道，這下可不是玩的。

犬鼻靈敏，甫下車，Epson阿爽和Baggio小巴立即嗅到氣味——一條熟悉的氣味之路，一條他們與它誓不兩立之路，而不是他們一無所知的「鬼路」。

一隊人潛行到屋前，「上！」警長下令。

一腳踢開廢屋大門，球Sir和Happy洪Sir拔出配槍，一馬當先，帶着Epson阿爽和Baggio小巴，兩人

兩犬，衝進屋中⋯⋯屋中煙霧瀰漫，音樂聲強勁，人頭湧湧⋯⋯

以為會遇到頑強反應，可以盡情咬噬，失望的是廢屋中的男男女女，二十多人，神志不清，迷迷糊糊，好像完全不受控制地隨着音樂劇烈地擺動頭部，扭動身體，那些左擺右擺、上擺下擺、旋轉頭球，扭動身軀，急速而不停，看得人犬眼花花。

「咳咳！」兩小犬被煙霧嗆得差點要連聲咳嗽，但卻要硬生生把咳嗽聲吞下去，因為，訓練嗅索，第一要規是「有發現，禁聲，示警。」

「喂，醒醒⋯⋯」警長抓着一個年紀看來比較大的搖頭男，拍他的臉龐，想查問底細，但搖頭男藥力發作，瘋癲搖頭，又怎會即時清醒？

警長關掉了音樂，開了大廳中的燈。

說也奇怪，音樂停了，搖頭男女的頭也漸漸地搖得慢下來，然後，像被施了魔法似的，一個個相繼頹然倒下，癱瘓地上，眼睛半閉，口張開，繼而全身抽搐，像一堆死前掙扎的怪物。

「汪，萬聖節派對？哈！Happy 洪 Sir 說『探鬼屋』，原來是真的，看地上那堆擠在一起的「殭屍」，扮得真似！」Epson 說。

「看這些，哪裏是人？簡直就是鬼！中毒死的冤鬼！可惜呀，這麼年輕！」球 Sir 惋惜道。

毒品氣味之路，並沒有在樓下大廳中停止，Epson 阿爽和 Baggio 小巴扯着領犬員往走廊後面鑽，原來走廊盡頭是洗手間，洗手間地下躺了一個，女的，面容乾枯，又黃又黑，兩眼深陷，圍着大大的黑眼圈，像鬼多過似人，Happy 洪 Sir 被嚇了一跳：「入錯女廁？」他特地走出洗手間，「我們沒錯，這是男廁！」

「看來，這女的啪丸啪上腦袋，糊塗了！」球 Sir 說。

一個廁格下面伸出了一對腳，一隻皮鞋甩掉了，是個男的，已經中毒昏迷了。

這些「活死人」布滿各個角落，先不用理會，Epson 阿爽和 Baggio 小巴扯着領犬員繼續追蹤着毒品的氣味之路。

洗手間旁有一道黑黑窄窄的樓梯，Epson 阿爽和 Baggio 小巴毫不猶疑地往上跑，上面有一道門。

Epson 阿爽和 Baggio 小巴雙雙在門前坐下示意，球 Sir 和 Happy 洪 Sir 知道，門內將會出現的，可能不是他們所能預料的、想像的，他們把食指放在唇上，示意警犬們不要張聲，又用手勢指示他們後退，好讓

他們採取進一步行動。

他們持着手槍，思量着門是否上了鎖？

一腳能否把門踢開？踢開了會迎來什麼？

踢不開又會發生什麼事？

房內有多少人？

緊張的腎上腺素上湧，勇猛的 Baggio 小巴站在一旁戒備，機智的 Epson 阿爽，卻悄悄下了樓梯……

球 Sir 輕輕轉動房門把手……

「誰？死小子，要加丸？還是要粉？進來，不要鬼鬼祟祟的！」房內一把聲音說。

這個時候，Epson 阿爽已經從樓下帶來了援手，警長點頭，示意球 Sir 開門。

門沒上鎖，球 Sir 極速地把門打開，大夥兒一擁而入……

「吓，黎 Sir？！」微弱的燈光照出一個熟悉的面孔，一位熱心社區工作，屢獲嘉許，事業家庭兩得意的警長！

「你為什麼會在這裏？」

「你在這裏幹什麼？」

神情錯愕的「黎 Sir」瞬即冷靜下來，把警長拉過一旁，悄聲告訴他：「我是卧底。」

真的嗎？為何房間不見別的人？

「汪汪！」Epson 阿爽和 Baggio 小巴露牙咧嘴，對着「黎 Sir」狂吠。

直覺告訴 Epson 阿爽和 Baggio 小巴，事有蹊蹺。

「喂，自己兄弟，不要吠錯了！」黎 Sir 說道。

這個毒窟，沒有其他人，最「清醒」的只有「黎 Sir」，如果他是「卧底」，那麼主腦呢？

警察兄弟在房中搜出以公斤計的搖頭丸、K 仔、「藍精靈」，還有海洛英，被製成毒粒，有些已經用膠袋分好較小包裝的，好賣給拆家。

Epson 阿爽和 Baggio 小巴在房中繼續嗅聞，找出了衣櫃中的毒品，衣櫃中雖然有味道濃烈刺鼻的樟腦丸，但這又怎能逃過靈敏的犬鼻。

此時，Epson 阿爽和 Baggio 小巴又向着一道牆輕抓，黎 Sir 立即說：

「喂，兄弟，小心，牆壁不穩，隨時會塌！」

警長覺得黎 Sir 神態有異，輕敲牆壁，牆壁發出低沉的「咚咚」聲響——牆壁是空心的！轉頭要找黎 Sir，想問他打開牆壁的方法，卻發覺他不見了，只見 Epson 阿爽和 Baggio 小巴對着房間的一個角落狂吠，當弟兄們走過去時，Epson 阿爽和 Baggio 小巴已經轉

身奔下樓梯去。

「Epson，STAY ！」球 Sir 叫道。

「Baggio，STAY ！」Happy 洪 Sir 吆喝道。

原來，當警長在敲牆壁，其他人注意力被吸引之際，黎 Sir「倏」地竄進了房間角落的一道暗門，逃走了！

事態危急，Epson 阿爽和 Baggio 小巴是「將在外，君命有所不受」，不理會領犬員的命令，發足跑到樓下，踩過活死人堆，奔到屋外，看不見黎 Sir，追蹤到他的氣味，就伏在他的車旁等候，他們知道，「疑犯」一定會駕車逃走，否則，荒山野嶺一鬼屋，他能夠走到哪裏呢？

月明星稀，月光照在地上，Epson 阿爽和 Baggio 小巴看見離他們身旁不遠處，地上一處有一塊草地斜斜地升了起來，一個人頭露了出來！黑暗中，兩小犬立即確認到這就是「疑犯」的氣味。

當「疑犯」從地道爬出來，迅速走向汽車，伸手要開車門之際……

「汪汪汪汪汪汪汪汪！」先來連串狂吠，「疑犯」被嚇得手一震，車匙跌在地上，好一頭 Baggio 小巴，迅速撲上，咬住「疑犯」右手，Epson 阿爽一張口，噬

着「疑犯」左腿，「疑犯」還未趕得及張聲，兩犬已經同時用力，硬生生將「疑犯」拽跌地上……

警長帶着球 Sir、Happy 洪 Sir 和其他兄弟趕到，「咔嚓」一聲，將「疑犯」扣上手扣，手電筒光之下，看到分明是黎 Sir！

黎 Sir 是西九龍區的警長，真名字是黎興，有美滿的家庭，事業成功，屢獲嘉許，扣押他時，大夥兒也擔心誤會了他，捉錯了人。

只是，鬼屋內的男女，清醒後都願意做證人，指證黎 Sir 賣毒品給他們。

警察內部並沒有安排他做「毒梟臥底」的記錄。

他也說不出誰是背後的老闆。

最後，他承認自己就是「頭子」，組織販毒。

「明知毒品害人，你身為警長，職責是維持法紀，你為什麼要組織販毒？」

「為了義氣，幫助朋友，他叫阿鵬。」

「你知道朋友染上毒癮，不幫助他走回正途，反而招攬他搞販毒勾當，知法犯法，實在令警隊蒙羞。」

唉，黎警長，連我們警犬也知道：有些事可以做，應該做；有些事不可以做，不應該做。你身為警長，怎麼會不明白？

95

　　義氣？人家「搜毒第一犬」Hilton 希爾頓在搜查毒品行動中遇到以前的毒梟主人，也曾經掙扎在情與義，要不要講義氣和做犬的正義衝擊的痛苦中，人家 Hilton 希爾頓也分得出對與錯，是與非，捨情而取義，你堂堂萬物之靈，怎得如此糊塗？

　　「我迫不得已，我需要錢用。」

　　「你有穩定收入，還不滿足？」

　　「賣一粒海洛英毒粒，我可分到三十元，每天賣過千粒，警員那微薄薪金，怎能與之相比？」

　　這，就是真相！

　　錢！錢！錢！

　　為了金錢，他不理會毒品害人，尤其是無知青少年！

　　為了金錢，他要青少年們用漂亮的小丸子興奮中樞神經，他要青少年吸毒成癮，讓他自己財源滾滾。

　　為了金錢，他不理會藥物會使他們經常出現幻覺、妄想、精神異常，甚至精神分裂！

　　為了金錢，他不理會藥物會使他們感染合併綜合症，包括尿褲子，患肝炎、細菌性心內膜炎、敗血症、性病和愛滋病等！

　　警務人員更在他九龍灣的住所中，搜出海洛英，

就藏在他九歲女兒的「廚房玩具」即「煮飯仔」中！

為了金錢，為了毒品，他連九歲女兒也不「放過」！

你説，他到底是人，還是鬼？

第七章　一條龍食堂

破搗毒鬼屋，捉到毒警長，並不表示毒品問題會減少，貪婪歹毒的人，會為了金錢，喪盡天良，不斷危害社會。

Epson 阿爽和 Baggio 衝鋒巴治奧，小巴立功回來，得到警犬老爸拍頸稱讚，樂得整天咧着嘴笑，更使他們開心的是，自己的領犬員球 Sir 和 Happy 洪 Sir 更獎他們吃 T 骨牛扒，有肉有骨又多汁，香氣四溢，吸引得眾犬汪汪叫，吵着也要來一件，「搜爆一哥」史賓格犬 Jeffrey 大飛更恨得牙癢癢的，充滿嫉妒地叫嚷：

「汪汪，有什麼了不起？如果派我去，我會做得更好！哼！汪汪汪！」

Epson 阿爽和 Baggio 小巴並非「搜毒第一犬」拉布拉多犬 Hilton 希爾頓的唯二學生，最近，跟 Hilton 希爾頓同種的 Coby 高比，被派到「搜毒學習班」跟「搜毒第一犬」學習搜查毒品的本領。所謂「同種三分親」，Hilton 希爾頓見到 Coby 高比，顯得特別高興。

Coby 高比，是一頭拉布拉多犬，體形較洛威拿大

一點，全身黑色，是出名的聰明犬 Teak 柚木前輩的兒子。Coby 高比的爸爸，Teak 柚木前輩，小時候得警犬老爸收養，在警犬老爸身邊長大，悉心培育，絕頂聰明，他最初被訓練做災難拯救犬，後來因香港要舉行世界銀行會議，他被徵調去搜爆犬組，有些被改調工作的犬隻，會鬧情緒，鬧別扭，不合作，投訴不適應，吵着說要集體怠工，甚至辭職，但 Teak 柚木前輩卻不一樣，他並不介意工作轉型，更是高高興興地接受訓練，還說「做犬不能怕轉變，變幻才是永恆。」由於心態積極，所以無論做什麼工作，他都表現出色，當然囉，他系出名門，是英國野外搜索冠軍的後代，祖先功績顯赫，Coby 高比是他的兒子，絕對是名門之後。

作為「名門之後」，Teak 柚木前輩飽受同儕們孤立排斥，像我 Nona 露娜和 Max 麥屎哥哥一樣，被犬們譏為什麼「老爸寵兒」、「天子門生」，常常想標籤我們，排斥我們，但高質素的警犬，受到這樣的對待，只會更堅定心志，努力不懈地提升自己，全心全意地努力工作，不求回報地服務社會。我們的快樂，來自自己的工作成績，不是這些庸俗之輩的認同！我們沒打算花時間跟他們磨蹭！

　　Teak 柚木前輩退休了，兒子 Coby 高比，跟姐姐 Connie 康妮一同服役警隊，做搜索工作，Coby 高比更是很快地成為警犬隊中赫赫有名的「王牌搜索犬」，真不愧為名門之後。

　　清晨六時，警方 999 報案中心接到一個電話：

　　「阿蛇，阿蛇，大吉利是，我看見一條屍！大吉利是！大吉利是！」電話中一把女聲說，聲音顫抖。

　　阿 Sir：「你叫什麼名字？在哪裏發現屍體？」

　　「阿蛇，我叫珍姐，在荃灣沙嘴道與鹹田街交界的一個垃圾桶內拾到的。 大吉利是！大吉利是！」女聲說，顯得驚惶失措，幸好還能將案發地點說得清楚。

　　阿 Sir：「珍姐，你的全名是什麼？不用緊張，慢慢說。」

　　「我叫林亞珍，人人叫我珍姐，我同事叫我不用怕，打電話報案，我已經拿到三粒星身分證，身分證號碼是 X　XX XX XX（對不起，為了私隱，珍姐的身分證號碼不能透露），是香港正式居民，不是黑市居民。」

　　阿 Sir：「珍姐，多謝你提供資料，你在垃圾桶裏看見什麼？」

「阿蛇，我不是在垃圾桶裏，我是發現在垃圾桶裏有一個黑色環保袋，袋中有一個血淋淋的、還連着臍帶的初生嬰孩。」珍姐鎮定下來了，竟然能夠在阿Sir句子中找語病。

阿Sir：「是男的，還是女的？」

「大清早，血淋淋，大吉利是！還敢再看？不知道，大吉利是！大吉利是！」

阿Sir：「你為什麼清晨時分去翻垃圾桶？」

「阿蛇呀，我是食環署清潔女工，翻垃圾桶？掙錢生活呀，一家大小要吃飯的呀，兒子的書簿費又加了，做清潔女工，你以為我想做的嗎？」阿Sir的說話，引起珍姐大發低下層的不滿。

阿Sir：「你不要離開，我們很快就到。」

「喂，阿蛇，做不完工作，工頭要扣飯鐘錢的呀，怎麼辦？」珍姐的擔心不是多餘的。

阿Sir：「知道了，珍姐，總之，多謝你的協助。」

珍姐這才掛了線，警察兄弟已經帶同Coby高比的姐姐Connie康妮到場了。

珍姐驚奇地說：「哇哇，阿蛇，你們真神速！」珍姐不知道，她一說出了案發地點，一隊警察，連同

警犬和救護車已經出動了。

　　警方立即封鎖現場，小心地將垃圾桶內物件全部翻出搜查，果然搜出一個黑色環保袋，袋口被拉開了，珍姐說：

　　「是我拉開的，發現裏面是個血淋淋的初生嬰孩之後，立即又將袋放回垃圾桶內。 大吉利是！」

　　黑色環保袋中藏了一個染血的白色垃圾袋，袋中正是珍姐所說的一個血淋淋的、還連着臍帶的初生嬰孩，是個男嬰，救護人員迅速將臍帶血嬰用布包好，趕送醫院。

　　Connie 康妮在現場證物上嗅索了好久，帶着警察兄弟在街頭轉了又轉，有時停駐側頭，摔一摔腦袋又蹀步回頭，大半天還拿不定主意。為搜集證據，大批機動部隊同時在街頭及附近公園做問卷調查，希望找出有用的線索。

　　「還說是名門之後，好不到哪裏？！」不知是哪位兄弟說的話，他到底是衝着誰說的？說話的人可是永遠沒有失敗？他那麼多意見，為什麼不用心工作？！

　　九時許，又來了一部警車，跳出了全身黑色拉布拉多犬 Coby 高比，「王牌搜索犬」出動了，可見警方

對這件案件的重視。

　　Coby 高比冷靜地在棄嬰現場嗅開了一會，領着他的兄弟葉 Sir 走到案發現場五十米外，寶石大廈停車場出口。

　　「看！血跡！」葉 Sir 在 Coby 高比停駐示警的地方發現血跡，立即通知領隊警長。

　　警長安排兩個兄弟留守發現棄嬰現場外，其餘人馬跟隨 Coby 高比前去。

　　Coby 高比邊嗅邊走，領着葉 Sir、警長和兄弟一直走到第二座側門，地上顯然有一條「血路」，如果不是 Coby 高比引領，這一「絲」血路，根本不會引起人們注意。

　　這條血路，說明有人從大廈運出血嬰！

　　警察兄弟立即翻查寶石大廈的閉路電視。

　　「有了，看這個黑色袋子！」閉路電視錄影片畫面播出：一名少女正將袋運出去，閉路電視錄影片顯示的時間是今天凌晨四時零四分！

　　她住在哪一層呢？閉路電視錄影片沒顯示她從哪一層進入電梯，兄弟們只能粗略估計是高層，約第十五層到二十層之間。

　　「Coby 高比，醒目些，不要丟我的臉！」葉 Sir

心中暗道，Coby 高比姐姐 Connie 康妮的失敗，使她的領犬員面上無光。

只見 Coby 高比冷靜地嗅索，把頭的高度定在離地一呎左右，這分明是一個女性手挽袋子的高度，在這高度，有一條血嬰的氣味之路，Coby 高比信心滿滿的領着眾人，逐層逐戶嗅索，終於在十七樓一個單位前，他停下步來，警察兄弟於是上前拍門，許久，裏面才有人應門。

屋裏只有那位開門的少女，兄弟在屋內找到染血衣物，事後證實血型跟垃圾桶血嬰相同。

她告訴兄弟：拋棄血嬰之前曾經致電男朋友，但他說他不管，她要做什麼便做什麼，不要煩他，於是，她便決定將「它」丟到垃圾桶，以為神不知鬼不覺。

十七歲讀中五的女生，稚氣的臉上沒有一些傷感，一點悔疚，丟棄一條生命，對她來說，就像丟棄一個她不喜歡的洋娃娃？

血嬰在送院時，證實已死亡。

人腦加犬鼻，Coby 高比在三小時內破了案。

Coby 高比，證明自己的確是「王牌搜索犬」，名門之後。

「王牌搜索犬」被收編入搜毒組，足見「不可一，

不可再」毒品問題的嚴重性。

元朗，鐵皮屋，外面看上去並無異常，卻是「一條龍食堂」。

檢查食堂，是食環署的事，與警犬何干？為何警犬要搶着做食環署的工作？

「一條龍食堂」建於元朗鐘屋村，鐵皮屋面積只有數百平方呎，時常有人進出。

這有什麼奇怪？「食堂」唄，當然有食客。

問題是，警方接到線報，說有人在元朗鐘屋村水塘路三十七號鐵皮屋經營毒窟。

這一天，元朗鐘屋村外忽然來了一男一女，衣着新潮，頭頂cap帽，鼻上架着墨鏡，帶着一頭全身黑色的拉布拉多犬，神態親熱，儼如一對情侶郊遊。

「如果我和你的狗之間，要你選擇其一，你會選誰？」女的忽然問男的。

「你可愛，狗精乖，不可一，只可兩。」男的嬉皮笑臉説。

「如果我和你的狗一同跌下海，你只可以救一個，你會救誰？」女的問。

「傻豬，狗會游泳，不用救的呀！」男的避重就輕。

「你根本只愛狗，不愛我……」女的一邊哭一邊跑，跑到水塘路三十七號附近……

「哎，你發什麼脾氣呀……好好的……」男的追上來，「糟糕，狗呢？」他上下張望，四處搜尋……

他那頭全身黑色的拉布拉多犬原來坐在三十七號鐵皮屋門前……

「哎，原來你在這裏，走，快回來！」男的向狗下令，回頭逗女的說，「不要生氣了，你跌下水，我先救你，好嗎？」

然後又低頭對他的狗說：「你呀，跌下水，自己游上岸好了！」

逗得他的犬咧嘴汪汪笑。

警局內會議室中，葉Sir正在作報告，Coby高比坐在一旁。

「我和Madam劉穿着便服，扮作情侶，拍拖遛狗，帶Coby前往元朗鐘屋村偵察。我們先在水塘路村口監視，三十七號鐵皮屋建於濃密的樹木之間，十分隱蔽，卻不時看見有一些皮黃骨瘦，貌似毒友的男女進出鐵皮屋，我們扮作情侶爭吵，故意放下狗索，讓Coby入村，我們追狗，伺機走近三十七號，發現最奇怪的是樹叢之中藏了閉路電視，有三部對着村口停車

場，兩部監察門外道路，一部監視鐵皮屋大門。 Coby 在屋門前坐下示警，即是告訴我，裏面有毒品。」

當然囉，名門之後「王牌搜索犬」Coby 高比得到「搜毒第一犬」Hilton 希爾頓的教導，氣味記憶庫裏，記住了各式毒品氣味，搜索毒品，自然快速準確，什麼丸什麼粉，通通逃不過他的法鼻！

「四周安裝了閉路電視，這豈不是難於接近鐵皮屋？」閉路電視的設置，的確增加查案困難。

「對，警察一進村，鐵皮屋的人即已作鳥散。 」

「鐵皮屋為什麼叫『一條龍食堂』？這裏面一定大有文章！」

第二天大清早，元朗警區兄弟們便裝出發，帶同「王牌搜索犬」Coby 高比，十三少 Epson 阿爽和衝鋒巴治奧 Baggio 小巴。為免打草驚蛇，大夥要避開閉路電視的監視，於是在村外遠處停了車，爬上山坡，繞路下山，慢慢接近鐵皮屋，形成包圍網。

清晨的空氣特別清新，販毒吸毒的人屬於黑夜，總是錯過美好的早上，美好的陽光。

「砰砰！開門！」兄弟們手持着槍，嚴陣以待。

相信驚醒了屋內毒鬼，看閉路電視，知道大禍臨頭，屋內步聲雜沓。

「嘭隆！」門被撞開了，警察破門而入。

「汪汪汪汪汪汪汪汪……」

意想不到的是，屋內，突然撲出六隻大狼狗！

屋內有惡犬，是情報以外的意外……兄弟們被嚇傻了，僵住了腳步……

傳說中的鄉間魔狗？！

糟糕！我們沒有帶老虎屎！

你們又會說：警察們有槍，無須怕狗。

哈，警察們用槍打狗？這是下策中之下策，你們說，議員們和傳媒會怎樣說？

「濫用暴力」的罪名，誰也扛不來。

此時，屋內兩名男子正準備逃走……

捉毒販，鬥狼狗，先做哪一件？

Epson 阿爽、Baggio 小巴和 Coby 高比候地攔在兄弟們前面……對飽受訓練的警犬來說，保護主人比什麼都重要！

「汪汪！警犬，你們乖乖地讓開！不要阻差辦公。」衝鋒巴治奧 Baggio 小巴咧嘴齜牙，發怒揚威。

「汪汪汪！警犬？了不起？這是我們的地頭！別胡來！」一頭看來是首領的狗隻對着我們聳毛豎尾發兒怒吼。

「上！」Epson 阿爽大叫，首領狼狗一個轉頭，要對付 Epson 阿爽，冷不防 Baggio 小巴一下子咬住他的頸項，牢牢不放。Coby 高比緊盯着其餘傢伙，準備隨時以三敵六。

「汪汪汪，頭子，咬死他們，咬死他們！」奇怪的是只有吠囂吶喊，沒有狗伸出援口。

屋前面犬狗惡鬥，兄弟趁機衝入屋中。

屋內兩個毒販，一個爬上屋頂，一個想從後面溜走。

屋前撕殺，首領狼狗不敵，翻出肚皮⋯⋯

「看，我早說過他是個窩囊廢啦！你們還不相信！」一頭眼角帶疤的年輕狼狗說，他有意爭奪領導者地位之心，昭然若揭。

「怎樣？還要較量嗎？」Baggio 小巴，疤面使他不怒而威，首領被制，其餘嘍囉只好垂頭耷耳，夾着尾巴走了。

「哼！傳說中的鄉村魔狗，不過如此。」Baggio 小巴說。

三小犬子隨大隊進入屋內，看見兩個毒販，一個爬上屋頂，一個正想從後面溜走。

Epson 阿爽和 Baggio 小巴齊聲狂吠，那個爬上屋

頂的被嚇得雙手一軟，跌下地來就擒；另一個想從後面溜走，也被 Coby 高比一個撲前噬着後腿，拽在地上。

只見屋內四處躺着面如死灰，眼睛半張，儼如死不閉眼的人；有的迷迷糊糊，神智不清，口角流着口水；有的還在手腳抽搐⋯⋯全部都是吃飽了「毒餐」，變得半人半鬼了⋯⋯

Coby 高比在屋內牆角椅內找出 K 仔，Epson 阿爽在鐵皮夾牆櫃中嗅出了「霹靂可卡因」，Baggio 小巴則發現藏在沙發牀夾板中的海洛英，毒品都藏在很隱蔽的地方，可見毒販的心思細密，「奇謀百出」。

可惜啊，邪不能勝正，我們警犬相信：做壞事的，永遠不會有好結果。你們看，那些毒販，表面兇惡，手段兇殘，內心卻整天疑神疑鬼，睡夢中既怕被警員逮捕，又怕被仇家找上來暗殺，正是血腥錢血腥還。

什麼是「一條龍食堂」？原來就是拆家或吸毒鬼都可以在那裏買到各種類型的毒品，買家還可以即場吸食，躺下、坐下、蹲着，悉隨尊便；吸毒後要瘋癲一下或者睡一會，也無任歡迎；什麼時候，仍未清醒或清醒後離開，也不會有人理會，總之，給錢結賬就成。

　　警探們還在屋內搜出了大批武器：氣槍、斧頭、日本刀、生果刀、開了封的花劍……毒品背後，永遠有暴力。

　　「喂，Nona，你稱那些吸毒者做『吸毒鬼』，好像有歧視的嫌疑喔！」沒分立功的 Jeffrey 大飛故意要激怒我 Nona 露娜。

　　「既然生而為人，為什麼不好好做人，而要做毒鬼呢？」

　　我 Nona 露娜的確覺得，明知吸毒有害，很難翻身，卻偏要踏入歧途，害己害人，破壞家庭，遺禍社會的人，難道還該受到尊重嗎？更何況，這些心狠手辣的魔鬼，令我們的警察工作承受更大的壓力，警察兄弟心理上要承受許多的恐懼，每次執行緝毒掃毒任務，行動之前，根本就不知道能不能活着回來，就像今次行動，驚見六頭惡狗撲出來，兄弟第一個念頭不是自身的安危，竟然是輿論的壓力，你說可悲不可悲？

第八章　狗狗運毒

緝毒三犬子回來後，兄弟們向警犬老爸述說緝毒三小子力戰六惡狗的驚險經過，大家當然聽得津津有味，警犬老爸見大家興趣正濃，便告訴大家警犬 Lora 蘿拉的故事：

話說事發一九八四年青衣邨，當時青衣邨仍然是一個地盤，四周仍未開發，治安不好，爆炸偷竊案頻頻發生。

高級警員張 Sir 帶着警犬 Lora 蘿拉和另一名同僚到青衣邨巡邏，凌晨三時，他們看見兩名「疑犯」鬼鬼祟祟地從一座大廈走出來，手中拿着布袋，他們立即上前查問，其中一名「疑犯」卻瞬即亮出斧頭，對着張 Sir 迎頭一劈……

說時遲那時快，張 Sir 身邊影子一閃，警犬 Lora 蘿拉硬生生地飆上來，保護主人，接着只見歹徒發足狂奔，Lora 蘿拉轉頭望了拍擋一眼，當時天色黝暗，張 Sir 驚魂甫定，下令道：

「Lora，HOLD HIM ！」

好一頭 Lora 蘿拉，毫不猶疑，聽令飛奔，追撲歹徒，和歹徒搏鬥，張 Sir 從後追來，只見一路上血跡斑斑⋯⋯

張 sir 心裏暗暗稱讚：「好呀，Lora，咬得好！」

Lora 蘿拉撲倒了歹徒，牢牢咬住他的褲管，不讓他逃跑，歹徒的斧頭丟在遠處，雙拳卻不停地揮打在 Lora 蘿拉的臉上⋯⋯

張 Sir 一個箭步上前，用膝蓋把歹徒壓在地上，扣上手扣，對 Lora 蘿拉下令：

「Lora，LEAVE ！」

Lora 蘿拉鬆開了嘴，赫！張 Sir 才看見自己的愛犬滿臉是血，鮮血在她臉上汩汩直流，張 Sir 用手電筒一照，大叫道：

「噢，天！Lora，你受傷了！」

可憐的 Lora 蘿拉，為救主人，在歹徒揮斧剎那，電光火石間，毫不猶疑地飛撲而上，用自己的血肉之軀擋了那一斧。那一斧，正正砍在 Lora 蘿拉的鼻樑上，接着更被拳頭擊打⋯⋯

梁醫官的手術枱上，Lora 蘿拉已陷入半昏迷，但她還奮力睜眼望着自己的兄弟張 Sir。

「Lora 從鼻樑到面頰被斧頭斬傷，傷口長達半呎，

深可見骨，要縫上很多針，雖然暫時沒有生命危險，但因為流血過多，即使傷口癒合，也要慢慢調養。」

「我下令她追捕疑犯時，並不知道她受了傷。」張 Sir 因為 Lora 蘿拉捨身護主，感激得英雄淚下。

警犬老爸還說：「警犬忠誠，一定會保護主人的。」警犬老爸的話，使大家對所帶領的警犬更有信心。

警犬老爸，你說得太輕描淡寫了，事實是：

警犬忠誠，不要說為主人挨刀挨斧，要我們粉身碎骨，我們也毫不猶疑！

警犬忠誠，即使受傷，只要主人有令，怎樣也會扶傷應命。

「汪，可惜即使警犬殉職，也不會風光大葬，長眠『浩園』。」一把蒼老又帶悲涼的聲音說，不用轉過頭，我也知道說話的是 Max 麥屎，為什麼他最近老想到死亡的問題？

傳呼機響起，今次，是天水圍迷幻派對。

據報天水圍天 X 邨耀 X 樓，時常出現二十多名青少年聚集。

對不起，我 Nona 露娜不能告訴你正確的是哪個邨哪座樓，以防那地方被標籤為「毒樓」，你說，「悲情

城市天水圍毒樓」標籤，是多麼可悲的呢？

線報說是二十樓以上。

行動之前，警方先派人前往明查暗訪。

發覺天Ｘ邨耀Ｘ樓時常有青少年出入，這並不奇怪，天水圍是新興市鎮，總的人口比較年輕，兒童少年較多，一些學校，更收錄許多跨區上課的學生。

天Ｘ邨耀Ｘ樓樓下平台，有一奇特景象：每天黃昏，總有一個戴墨鏡的身型高大的金髮中年，拖狗散步，有時拖着六頭巨大的藏獒，橫行路上，每頭藏獒背上都掛着同一款色顏色的背囊，儼如一隊恐怖分子，誰見到這一人六狗，都立即避之則吉，沒有誰敢走近他們，即使警犬行 beat，沒事也不敢貿然招惹他們，恐怖中最搞笑之作便是他們的背囊側袋，竟然插着小奶瓶！有時他又會拖着十二頭迷你芝娃娃，每頭背上也是掛着同一款色顏色的背囊，背囊側袋也是插着小奶瓶。儼如一隊娃娃兵，十分搞笑。金髮中年從不跟人打招呼，人們也從不敢跟他有接觸，包括眼神。

線報說天Ｘ邨耀Ｘ樓出沒的一羣青少年中，部分有黑幫背景，警隊大為緊張，為迅速安全控制場面起見，命令警犬隨行，今次任務，落在兩頭黑金剛身上：拉布拉多獵犬 Owen 奧雲和洛威拿犬 Lok Lok 樂樂。

　　出發前，Owen 奧雲的領犬員 Madam 陳吩咐 Owen 奧雲說：「Owen，見到小孩，溫柔點，不要弄哭人家，知道嗎？」

　　「吸毒的都是魔鬼，沒有一個好人，最好咬他一個稀巴爛，尤其是未成年孩子，叫他們害怕！遠離毒品。」洛威拿犬 Lok Lok 樂樂嫉惡如仇，搶着回答，說話時咬牙切齒，眼瞼上兩片圓啡點蹙起！一副憤世嫉俗狂怒相，但他跟 Tyson 泰臣不一樣，他不會狂躁暴力，說話重疊，又老愛露出一副兇相。Lok Lok 樂樂在自己兄弟李 Sir 跟前，他好動，擅長以柔制剛，只是洛威拿犬生得高大威猛，全身黑色，看上去不怒而威，連慣匪惡賊都懼怕他七分，更何況是那班乳臭未乾卻扮成人的迷幻派對少年？

　　「嗨，Lok Lok，認真工作，做完工作，跟你踢足球。」李 Sir 知道他的兄弟性格不羈，活潑好動，有擅自走進超級市場歎冷氣的臭記錄，故意特別提醒他。

　　「汪嗚嗚嗚⋯⋯」Lok Lok 樂樂高興得仰鼻長嗥，其實，Lok Lok 樂樂七歲了，年紀比我 Nona 露娜小一歲，做過白內障手術，過一、兩年，也要退休了，難得的是童心未泯，舉止還像小犬子呢。

　　唉，上一次搗破毒鬼屋，捉到毒警長，並不表示

118

毒品問題會減少，貪婪歹毒的人，會為了金錢，喪盡天良，危害社會，甚至向兒童小孩埋手。

人心向壞，毒，禁之不盡！

天水圍——傳媒製造出來的「悲情城市」。其實，以新市鎮建設的角度來說，它的規劃周全，綠化、休憩、交通網、生活站，一點不缺，一點不差。

它悲情，因為那裏住了許多獨居老人，無人理會，任由他們自生自滅，且全屬低下階層。

它悲情，因為那裏住的大都是新移民，或收入微薄，或妻離夫散，家庭不完整。

它悲情，因為那裏的孩子，許多成長在單親家庭，乏人照顧，愛聯羣結黨，遊蕩街頭，沒有都市孩子的生活水平，被評為輸在起跑點上。

警車駛進天水圍天X邨，即看見耀X樓樓下大門，走出一個少年，步履不穩，身體搖擺，兄弟相信他可能服了丸仔，立即下車攔截，怎知他迷糊中帶幾分清醒，推開警員，發足狂奔，兄弟正考慮是否放警犬捉人，卻看見他在走了二百米左右之後，忽然雙腳一軟，「砰」一聲，癱倒地上，走上前一看，原來「昏倒」了。

電召了救護車，大隊人馬立即包圍耀X樓，不讓

吸毒者走掉，要見一個便捉一個。

此時，「昏倒」少年已經醒過來，悄悄拿出手機，撥電通知同伴：「編號26注意，藍血人殺到，快散！」他以為自己很機智，做得神不知鬼不覺，事實上，在警車後面的兄弟已經在猜測：

「編號26？是26號？26樓？」

「是2樓6號單位？

「還是2 + 6 = 8樓？」

「抑或2 × 6 = 12樓？」

「不，報案線索是梯間，2樓太低層，容易被發現，應該不是。」大家分析道。

「為了審慎起見，我們各處都去。」警長下令道。

根據線報：「少年舉行梯間迷幻派對，裏面有人有黑幫背景。」警犬是對付黑幫青少年的最佳武器，於是，兩頭黑金剛，拉布拉多獵犬 Owen 奧雲和洛威拿犬 Lok Lok 樂樂，兵分兩路，Owen 奧雲和 Madam 陳跟一隊兄弟乘電梯上頂樓，沿樓梯而下；洛威拿犬 Lok Lok 樂樂和一隊兄弟首先直奔二樓六號單位，沒有發現的話，再上八樓、十二樓……逐層向上匯合。

二十六樓梯間，左右，上下躺着大羣青少年，他們均身形消瘦，皮膚又黃又黑，甚至枯乾起皺；兩眼

深陷，如熊貓似的嵌着大大的黑眼框；有的更手足抽搐不止，呼吸不順。可憐的，他們之中，年紀最輕的只有十二、三歲！

當中幾個臂上紋身，年紀較大的，相信就是「派對主人」，他不知道那位穿便衣的姊妹是重案組探員，還神態囂張地問：「喂，靚女，有沒有派對請柬？誰介紹你來的？」

當後面的兄弟出現時，紋身男立即機警地向同黨打眼色，各人倏地抽出了武器，西瓜刀、切肉刀、棒球棍……兇器應有盡有。

「汪汪汪汪！」黑金剛 Owen 奧雲現身了，圓圓的眼球凸出，齜牙咧嘴，露出尖銳的犬牙，全身黑毛豎起，就像眼前出現了猛虎，決心和猛虎來一場撕殺般。

吸毒青年好像並不害怕，他們兩眼發光傻愣愣的，K 仔令他們暴躁易怒，巴不得將「迷幻派對」變作殺戮戰場！

Owen 奧雲攔在姊妹 Madam 陳身前，警犬護主，即使他會像前輩 Lora 蘿拉一樣受傷，也絕不猶疑。

一場撕殺，似乎一觸即發。

有些女孩子害怕得哭起來，那個穿白色中靴，迷

你裙，紅灰橫條外套的女仔放聲大叫：「糟了！今次媽媽一定知道，我沒命了。」

十二、三歲，頭髮剷着兩邊青，上留一撮草的小男孩，體形瘦削，面色青黃，稚氣未消，被警察逮着，十分害怕，震顛連聲說：「阿 Sir，不關我事，我跟隨哥哥朋友來的。」他叫小仁。

「小朋友，哥哥叫你去死，你去嗎？」Madam 陳溫柔地把十三歲男孩拉過來。

「小仁，過來！」紋身青年厲聲喝道，原來他叫大仁。

「大仁，放下武器，否則我放犬！」Madam 陳說。

就在這時，「砰！」的一聲，二十七樓梯間防煙門被踢開了……

「哼！就憑你幾個窩囊廢，想弄砸我的金蛋？」

二十七樓梯間，出現了幾個綠色紋身的金毛大漢……他，人未到聲先到！原來就是人稱「金蛋」的毒品拆家。

兄弟被夾在中間，前後受敵，情勢十分危險。

其中說我們弄砸了他的金蛋的大漢二話不說，揮刀就劈……

忽然，「汪汪汪汪！」一輪怒吼，另一頭黑金剛

在二十八樓梯閃出來！

金毛大漢被突如其來的狂吼嚇了一跳，揮刀的手停在空中。

劍拔弩張，Lok Lok 樂樂和 Owen 奧雲知道終極決鬥的時刻到了，怒極狂吠，聳起全身黑毛，凸出慘綠色的眼球，齜牙咧嘴，露出尖銳的犬牙，Lok Lok 樂樂和 Owen 奧雲，戰神會合，上下夾攻，吠聲震天，在二十六樓梯間「嗡嗡」迴響。

Owen 奧雲，居高臨下，Lok Lok 樂樂，低處仰頭，齊齊抓扒梯級，喉嚨張開發出低沉吼響，儼如兩頭黑色猛虎上下出擊前奏，表示他們已作好準備——撲、殺！

「HOLD HIM ！」Madam 陳和李 Sir 齊聲下令。

這麼多疑犯，hold 誰呢？只見兩犬戰鬥，在上一層的一頭飛身而下，撲倒金毛大漢；在下一層的一頭聳身而上，撲擊紋身青年，分別牢牢咬住他們持刀的手，好傢伙，Owen 奧雲和 Lok Lok 樂樂，果然經驗老到，知道擒賊先擒王。

兩毒販被咬住右手，痛得丟下武器，呱呱大叫，左手亂拍 Owen 奧雲和 Lok Lok 樂樂的犬頭，可是 Owen 奧雲和 Lok Lok 樂樂怎樣都不鬆開牙齒，反而將身體

一扭，將惡人大力拖拽，滾下梯級。

小孩子們亂作一團，有的男孩子，被嚇得哇哇大哭；至於女孩子的咻咻尖叫，當然不會欠奉的了。

此時，一隊兄弟已趕到二十五樓，堵住了迷幻毒少向下層逃走之路。

金毛大漢、紋身青年和他們那班流氓兄弟，根本沒可能突圍而出，而且，因為他們武器在手，警察兄弟也拔出配槍，準備不惜一戰。

「還不投降，束手就擒？」警長吆喝道。Owen 奧雲和 Lok Lok 樂樂趁機加強牙齒勁力，再咬下去，還轉轉頭，使尖尖犬牙在他倆的手臂上陷得更深。

「哇，痛死了！」金毛大漢和紋身青年痛得跪倒地上，Madam 陳和李 Sir 趁機上前，「咔嚓」一聲，送上反手扣。哼！販毒？搞吸毒派對？等坐牢吧！

區內流傳「不索 K，不夠潮」的傳說，追求「潮」的無知少年，紛紛以身嘗 K。

少年朋友間的 Facebook 面書廣為傳播：「索 K 不會上癮」，所以他們才失去戒心，膽敢跟「班 friend」嘗 K。

他們之間，更有因為「義氣」，「朋友」叫到，不好意思不去，以致毒癮纏身。

他們有的是因為好奇，想知道什麼是「梯間迷幻派對」，以為是跟萬聖節 Halloween「哈囉喂」派對般驚嚇好玩。

明知吸毒有害，但卻不停止劣行，最主要原因，據他們說：「K 仔便宜，好抵買。」，「索 K 夠潮」，「可結識到朋友」……

今次警隊共拘捕了三十二個男女，最大二十一歲，最小十二歲，大部分是未成年學生！

他們之中，有放學立即趕來，還穿着校服索 K 的。

是哪幾間學校，恕我 Nona 露娜不便透露，以免大家帶着有色眼鏡看那些學校，那些學生！

你知道啦，我們該留點尊嚴給那些可憐的孩子們，使他們可以回頭，回頭是岸哩！

呀，差點忘記告訴你，那個「昏倒」少年，原來正是從迷幻 K 仔派對退出來的，他索夠了 K，趕着回家，巧遇掃毒警隊，心怯狂奔，結果昏倒地上，他口中的「編號 26」，指的就是二十六樓梯間迷幻 K 仔派對，「藍血人」就是穿藍色制服的警察，他很夠「義氣」，昏倒前還要通知派對朋友作鳥散，他在送院後清醒過來，苦苦哭求警方不要通知父母，通知學校，負責記錄口供的兄弟覺得他蠻可憐，但吸毒者通常是

大話精，演技派，聲淚俱下，答應戒毒，卻很少會堅持；而且，沒有父母的督促，學校的支持，又離不開損友，他說會戒毒？騙人罷了！

至於那個有時拖着六頭巨大的藏獒，有時拖着十二頭迷你芝娃娃，每天黃昏在屋邨平台遛狗的戴墨鏡金髮中年，據調查所得，是正牌的毒品大拆家，他利用藏獒和芝娃娃背上的背囊，運送一包包的毒丸子，背囊旁邊插着的小奶瓶，裏面全部是白粉！專門為天水圍地區毒品小拆家供貨。他橫行天水圍，肆無忌憚。

任何人見到有人拖着六頭巨大的藏獒遛狗，一定會避之則吉，圍城惡狗，跟傳說中的鄉村魔狗一樣，都會令人生起疙瘩：無謂招惹耶！

任何人見到有人拖着十二頭迷你芝娃娃遛狗，都會發出驚歎：那些小狗好可愛耶！

任何人見到有人拖着六頭巨大的藏獒遛狗的金髮中年，都會發出羨慕：他馭狗有術耶！

任何人見到拖着十二頭迷你芝娃娃遛狗的金髮中年，都會發出讚歎：不要看他是金毛，他很有愛心耶！

計算一下，六個狗背囊，六個奶瓶，加十二個小

背囊，十二個小奶瓶，裏面盡是毒品，每天不停運送，貨源不絕，將要荼毒多少青少年？

可哀可恨的是，二十六樓事件之後，他人間蒸發，直到現在，警方仍然未能夠將之逮捕歸案，不知他又用哪種方法做他的毒品物流。

藏獒體形巨大，似一隻小老虎，性格兇殘，好鬥也擅鬥，更集六頭之眾，環顧警犬之中，誰是他們的對手？在面對他們的時候，警察會用槍嗎？肯用槍嗎？市民會體諒警察用槍嗎？

無論如何，終有一天，我們一定要將這害羣之梟繩諸於法！！！

We promise！

第九章　他是名校生

他是大學生，卻受不住金錢誘惑，充當「K 仔水客」，居於深圳，每天過關到大學上課，被捕時從他的背囊中檢出一公斤 K 仔，腰間纏有兩包各重半公斤 K 仔，每天，他都偷運二公斤 K 仔入香港，每公斤收取三千元酬勞，即每天他有六千元的收入，據他說，從不間斷，每個月，他就掙到十八萬！而他，只是一個學生！

他每天進出關卡，為什麼不引起懷疑？

一個原因，他報稱是香港居民，但家住深圳，自小學開始，每天過關到新界上課，預科後考入大學，堂堂大學生，還生得白淨斯文，誰會懷疑？

另一個原因，他自小每天出關過關，中港一些關員，看着他長大，他表現友善有禮貌，時常和關員叔叔姨姨們閒聊幾句，大家都當他弟弟般親切，誰會懷疑？

更使人跌眼鏡的是，他是大學學生會副會長，而且是獎學金得獎者，誰會懷疑他竟然自中學開始，便

擔當人肉運毒機！

最後，他的真面目被揭發，我 Nona 露娜不告訴你，你是絕對猜不到是什麼原因的。

有時候，世事就是這麼湊巧；天網恢恢，就是這麼疏而不漏！

話說有一天，警犬老爸放假，心血來潮，說要帶同他的太太，即我們的警犬老媽、Max 麥屎和我 Nona 露娜外出玩玩。警犬老爸，我們警犬隊成員，哪個不認識？警犬老媽嘛，就只有 Max 麥屎和我 Nona 露娜見過，不過，也只是聊聊二、三次罷了。

警犬老爸說，Max 麥屎近來身體狀態每下愈況，情緒低落，而且安排他退休在即，所以帶同他和我，一家四口散心去。

我們首先在大埔萬宜水庫的長堤上散步，近賞水庫的水光秀美，遠眺八仙嶺的山色壯麗，十分寫意，中午，警犬老媽提議到大學飯堂吃午飯，順便欣賞聞名已久的大學落日美景。 就這樣，我們意外地碰上了人肉運毒機！

我們一行在大學隨便閒逛，忽然，我 Nona 露娜和 Max 麥屎嗅到濃烈的毒品氣味，我們毫不猶疑地嗅索，碰上了在匆匆趕路的他——人肉運毒機，犯罪

氣味的源頭就在他身上，我們緊緊地跟在他後面。　起初，警犬老爸並不為意，以為我們和那個大學生，只是湊巧同行，我們一路追嗅，一邊頻頻回頭示意。

我 Nona 露娜和 Max 麥屎沒有接受過嚴格的緝毒訓練，但在掃黑搜 K 場的行動中，我們其實已經接觸過各式毒品，毒品的氣味已經留在我們的記憶庫中。

大學生很機警，故意向警犬老爸搭訕：「你的狼狗『超』漂亮喔。」

我們的鼻子貼在他肩膊的背囊和腰間上，警犬老爸知道事有蹺蹊，暗中致電警隊，繼續和搭訕者大談狗經：

「哦，牠們不是狼狗，只是狼狗的遠房親戚。」

搭訕者警覺性十分高，頭腦也很靈活，見警犬老爸皮膚黝黑，肌肉結實，剪個平頭髮，猜測他可能是警察，但因為他帶着弱質纖纖的警犬老媽，才一時不很肯定罷了。

「對不起，我趕時間上課。」人肉運毒機説，轉身便要走。

警犬老爸也不阻止他離開，但也不阻止我 Nona 露娜和 Max 麥屎跟着他，自己卻拖着警犬老媽散步，喁喁細語，有説有笑。

「喂，你的狗老是跟着我，肚子餓了？我背囊中可沒吃的哩。」人肉運毒機有點緊張，向警犬老爸投訴道。

警犬老爸微笑地跟他揮揮手，不置可否。

一輛白色私家車駛進了大學校園，停在人肉運毒機旁，佯作問路。兄弟趕到了，車上還跳下我們的十三少 Epson 阿爽和他的領犬員球 Sir。

「汪汪。」見到我 Nona 媽媽，Max 爸爸和警犬祖爸，一家人見面，Epson 阿爽有點興奮，不過，他也表現十分專業，旋即上前嗅索人肉運毒機，並且坐下示意。

接着，還用說嗎，兄弟們當然出示身分，並且客氣地表示要檢視他的背囊和搜身，結果，就在他的背囊和腰間搜出多達二公斤的 K 仔。

這個人面獸心的大學生，姓賴，我 Nona 媽媽也不便說出他的真姓名，凡事留一處，讓他有機會改過自新吧。

其實，他也挺可憐的，因為販毒，他自己終於也抵受不住誘惑吸毒，還愛在 K 仔中摻入光管玻璃粉末，好待吸索時，玻璃物質割傷鼻腔，令毒物加快進入血管，引起高潮，他在被拘禁期間，毒癮發作，送到醫

院檢查，發覺他已經中了水銀毒。

他雖然已過了十八歲，是大學生，警方還是通知了他的父母。

他的爸爸忙於工作，一年見他沒多少次，也沒交過什麼家用，一見他便用粗言穢語破口大罵：「你個XX，沒X用……」

「我自己要『搵食』，怎管得X多？」

「以後不X要煩X我！」他說話太粗鄙了，我Nona媽媽也不想再轉述下去。

他的媽媽不甘寂寞，早就跟了別人，每月接濟他數百塊錢，見到他就只管哭個沒完沒了。

這樣的家庭，這樣的父母，這樣的孩子，你說，誰對了？誰錯了？

第一天入院，主診醫生替他檢查後，對他說：「很快，你這個人便會『報廢』了。」原來他的腎臟解毒功能只剩下一半，而且開始有血便，肺部也失去十分一功能，他的腦「穿了洞」，所以開始雙手震顛了，記憶力早就大不如前。

第二天，主診醫生替他覆診時，對他說：「你自己身體傷殘，前途似『咁』，可是，即使你現在開始戒毒，仍然有許多人因為你而吸毒，因為你而傷殘。」

　　第三天，主診醫生和他談天時說：「你已經是成人了，有投票權了，有權決定香港的統治和命運，應該對自己的所作所為負責了吧？」

　　沒有毒品麻醉，加上身體的痛苦折磨，使他重拾理智，對自己的所作所為萌生悔意，內疚地說：「我願意提供資料。」以下就是他的口供：

　　毒品來源？到處都有供貨場。

　　毒品運入方法？螞蟻運毒，聘用許多人，或帶或藏，源源不絕過關闖關。

　　如何散貨？每天有大小拆家跟我接洽，多少毒品都不夠供應。

　　供應給什麼人？什麼人都有，有些更是國際學校和傳統名校的學生，他們年紀輕，容易跟風，朋友吸毒他們就跟着吸毒。

　　姓賴的人肉運毒機招供翌日，他的粗口爸爸又來了：「你放了他，我認識咕 Sir ！」

　　「你認識誰也沒用，毒犯就是毒犯！你以為自己是誰？」

　　「你聽過咕 Sir『傳說中的鄉村魔犬』的事吧？我就是狗主！當年，我聽咕 Sir 勸告，洗心革面，去了大陸，沒再在香港犯案。」

吓！傳說中的鄉村魔狗狗主？他後來被捕，被判入獄，出獄十年後，重出江湖？

怎麼他今天不說粗話？姓賴他爸真是奇怪的動物，變臉能力奇高，今天，完全變了另一個人。

「你被捕入獄後，你的鄉村惡狗哪裏去了？」伙記們很有興趣知道。

「浪蕩山頭野嶺中，行山的人最好勿招惹他們。」

「衰仔！你老竇行 X 差踏 X 錯了，你又有 X 樣學 X 樣，無 X 用！」恐怖，姓賴他爸又變臉了，又做粗口王了！

今天，他的兒子論為毒友，並且運毒、販毒，唉！難道這就是報應？！

在病房的最後一天，姓賴的人肉運毒機將一份拆家名單交給警方，香港島七十五間中學，有兩成學校跟他買毒品！怪不得他要天天運貨，風雨不改，也不夠供貨。除了他之外，香港還有其他無數的拆家，給青少年提供毒品呢？！

姓賴的人肉運毒機說他收了一個徒弟，就讀國際學校，名叫 KH，協助他「散貨」，還跟他回國內學習做毒品生意。

警方知道 KH 是星星火種，事態嚴重，立即着手

調查他，發覺他聰明，有義氣，常請人吃吃喝喝，時常安排活動，去聖誕派對、哈囉喂派對等，甚至去露營，男女同玩無界線，身邊常有一大羣跟他差不多年紀的少年，簇擁着他，儼如童黨首領。他的同學說他最喜歡的一種動物是太陽下的斑馬，我們知道後，知道事態比想像中嚴重。讀者們，你們明白他的「斑馬」暗示嗎？

當下，他因行為不檢，調戲女同學，正被學校勒令停課。

警方向他的父母了解，他們堅稱自己的兒子出身良好家庭，爸媽都是高級知識分子，就讀國際名校，沒理由犯錯，斥責警方含血噴人。警方向學校查詢，學校則說這所是名校，且涉及個人私隱，學校不便提供資料。

名校？學生太聰明，什麼都想得出，做得到，英國頂級名校，不也曾經出現前蘇聯KGB間諜；美國一些著名大學，也不是有些優異生做毒品生意？！

家長學校做縮頭龜，不肯面對現實，不肯合作，警方無可奈何，只好靜待事態發展，惋歎火種燃燒前，不能先加熄滅！

校園成毒品溫牀，少年慘受毒害，警方提議到學

137

校檢毒，推出「校園自願驗毒計劃」，說要又驗尿又驗頭髮的，被各學校批評和拒絕。

其實，何須這樣麻煩呢？就派我們去吧。我們警犬，許多經受緝毒訓練，輪流去每間學校，美其名為「親親警犬，友情巡禮」，讓我們親親學生，這樣，無論他們身上有沒有收藏毒品，他們是否吸毒者，甚至有否接觸過毒品，或者毒品被深藏到學校什麼角落，我 Nona 露娜保證，一定逃不過我們的「法鼻」，我們絕對能夠一嗅而出，十分準確。

告訴我 Nona 露娜，各位親愛的警犬擁躉，正義的朋友：

你是吸毒者嗎？

你會跟隨朋友吸毒嗎？

你知道有人吸毒嗎？

你會揭發他，因而幫助他嗎？

你可以學學我們警犬，用力用心嗅一嗅，你會出乎意料的，嗅到毒品氣味！

沙田遊玩，意外立功，Max 麥屎眼中再現許久不曾見的神采，太好了，我相信，這是他退休之後，永留心中的美好記憶。

我 Nona 露娜知道，不久將來，Max 麥屎便要走

了，警犬老爸也要離開了，因為他退休的消息，早已在警犬隊中傳得沸沸揚揚。

警犬老爸在警隊幾十年，他的青春歲月，豐盛壯年，都獻給了警隊，年紀大了，退下火線，有什麼稀奇？就像我們警犬，八、九歲已經是老犬，也得離開警隊，只是有關他退休的原因，卻謠傳百出：

有人說他因奧運馬術保安編排工作不能令所有人滿意，被背後匿名投訴，所以被迫退休；

有人說他在警犬隊服務了幾十年，全沒有退下之意，絕不尋常，所以要想點辦法扯他下來；

有人說他年紀大了，耳聾眼矇牙齒鬆手震腳慢，不退休只會阻礙後進晉升，所以要他退位讓賢；

更有犬說他因偏袒我，處處給我最好照顧和待遇，其他犬看不過眼，聯合起來抗命，警犬老爸既難臣服警犬隊，只好引退云云……

我 Nona 露娜已經八歲了，很快，我會跟 Max 麥屁一樣退役，離開警犬隊，離開老爸，離開愛人，離開子女了。傷感麼？也沒什麼，生活繼續得向前，我們犬，從來就活在當前的這一刻。已發生的事，為什麼要回頭追悔呢？而未發生的事，為什麼又要預先擔憂呢？

要麼，Max 麥屎，你如果不放心，何不立下一張遺囑如何？告訴我們你的心願，你的決定。

現在，一家人整整齊齊，正好享受當下美好的一刻。

大學校園，樹影婆娑，夕陽映照在吐露港海水上，水波粼粼，金光閃閃，那溫暖、那光亮，深深吸引着我們的眼睛。

我們靜靜地坐在警犬老爸和警犬老媽中間，一家人，說不盡的愛意綿綿。

江山代有才人出，我們警犬界，不也是才俊輩出嗎？

孩子們，努力！

警犬頌之
罪惡剋星

高大俊美
勇敢堅毅
實幹忠誠
挑戰任務不抗拒
艱難凶險勇相迎

動時風雷勁掃
捉賊擒匪咬嚙飛撲
靜時處子出動
偵粉緝丸仔細嗅索

無非為
做一頭罪惡剋星
讓市民生活美好
陽光明媚
綠草離離

可敬的警犬
責盡忍耐又多情
守候命令　執着責任
永遠向前
努力不會停

　　社會經濟迅速發展，商品市場排山倒海的宣傳，使人們對物質需求日益膨脹，價值觀偏向金錢物質的追求，個人主義泛濫，當抵受不住各式利慾引誘，有些人會走向偏門，甚至向人們推銷有害物品。

　　經濟社會，人際關係雖呈緊密卻又實際疏離，面書的盛行使人們時刻要面對各方「朋友」的意見，影響學習與作息之餘，思想更受到左右，還要承受不必要的言論壓力。面對朋輩壓力時，有些青少年會不分青紅皂白，選擇「有義氣」，和朋友共同進退。

　　另一方面，家庭制度面臨崩潰，家不能成為成長的避風塘，反之，更可能是暴風雨漩渦。這一代的兒童少年，生活刺激，內心空虛，被迫過早地面對種種成長的困擾，需要尋求發洩的途徑。當毒品價格便宜，毒品貨源充足，「吸毒」成為潮流的時候，他們如何能夠面對威迫與利誘？

　　這本《緝毒猛犬》，說的正是青少年誤入「毒途」的故事，小說中一個個和毒品有關的人物，其實都是聰

明人，有頭有腦，明知毒品有害，販毒是犯罪行為，我相信，他們都不想走入毒途，不想忍受毒癮發作時痛苦難捱的感覺，不想看到自己給毒品折磨後那副沮喪齷齪的模樣，但什麼原因，令他們踏上這條不歸路？

寫他們的故事，並非憑空杜撰，而是有憑有據，故事中每一個人物，像故事中每一頭警犬一樣，都真實存在這社會上，看他們的個案，寫他們的故事，我看到的是一個個失落的、失敗的、可悲又可憐的人，他們，吸毒者和毒販的背後，都有不為人知的故事！

只是，有邪必有正，《緝毒猛犬》說的也正是邪不能勝正的故事，警犬盡忠職守，和警員兄弟攜手，誓與「毒」不兩立，除毒安良，幫助青少年重入正途。人是有良知的生物，相信誤入歧途者，最終都能心起念動，改過向善的；沒入歧途者，看故事，知警誡。這，正是這本警犬小說的作意。而故事的手法，如《特警部隊1‧走進人間道》、《特警部隊2‧伙記出更》、《特警部隊3‧搜爆三犬子》一樣，嚴肅中帶幽默，惹笑中含深意，淚中有笑，笑中有淚。

我衷心感謝立法會主席曾鈺成先生，得到他在百忙中接見，傾聽他對本書作意的回應，是很大的樂趣；更得到他抽空閱讀本書，並且賜序，實在是我莫大的榮幸，他對本書的讚賞，給了我最大的鼓勵，令我銘感於心，我要再接再厲，為兒童少年寫下去。

我也要多謝新雅文化事業有限公司副總編輯何小書女士和編輯部經理甄艷慈女士的賞識和信任，使《特警部

隊》系列一直出版下去。

　　希望兒童少年讀者們、家長教師們都喜歡這些警犬的故事，從他們身上看到社會的問題、成長的陷阱。正因為愛你們，所以我要寫這類社會性的小說。

　　　　　　　　　　　　　　　　　徐慧珍

　　　　　　　　　　　　　　　　（寫於2011年）